고양인 줄 알았는데 행복이었어!

어제처럼 오늘도 일상이 묘수

고양인 줄 알았는데 행복이었어!
어제처럼 오늘도 일상이 묘수

초판 1쇄 인쇄 2021년 11월 05일
초판 1쇄 발행 2021년 11월 15일

지은이 김용원
펴낸이 백도연
펴낸곳 도서출판 세움과비움

신고번호 제2012-000230호
주 소 서울 마포구 양화로길 73 6층
Tel. 070-8862-5683
Fax. 02-6442-0423
seumbium@naver.com

ISBN 978-89-98090-39-5

값 13,000원

줄 알았는데  이었어!

어제처럼 오늘도

일상이 묘수

인생을 살면서 산전수전 공중전까지 다 겪은 내게 이제 무슨 삶의 경이가 남아있을까? 하루를 마치고 집으로 돌아갔을 때 나를 유혹하고, 나를 놀라게 하거나 설레게 하는 일은 없었다.

하지만 2년 전 우연히 샴 고양이 〈여름이〉와의 만남은 나에게 삶의 기쁨과 웃음과 경이뿐만 아니라 삶을 볼 수 있는 성찰의 기회를 주었다.

나 역시 처음에는 그랬지만 고양이에 대해 많은 편견을 가지고 있었다. 하지만 여름이와 겨울이를 키우면서, 그 편견이라는 것이 얼마나 잘못되었는지 알게 된다. 고양이는 도리어 세상이 염려하는 것 이상으로 사람들에게 유익을 준다. 그리고 상처 입은 두 고양이와 함께하면서 버려진 생명에게 드리워진 그늘까지 사랑할 수 있을 때 인간은 보석처럼 아름다워지며 그 인격이 완성된다는 것을 알았다. 또 냥이들을 키우면서 사랑에는 시간이 필요하다는 것도 배웠다.

얼마 전 겨울이었다. 전라도 광주의 어느 공사판을 떠돌며 사람 눈치를 보던 〈겨울이〉라는 녀석을 둘째로 입양한 후에 나는 성인(the saint)처럼 되어버렸다. 아직 겨울이는 지난겨울에 버려진 상처로 말미암아 안고 뒹굴며 놀 수 없지만 언젠가는 서로를 인정해 주는 친한 반려가 될 것이다.

두 반려묘는 이런저런 이유로 주인으로부터 버려져 우리가 사는 집으로 입양된 상처가 많은 고양이들이다. 이들을 돌보는 동안 두 고양이의 상처는 결국 나와 우리 가족을 성장시키는 계기가 되었고. 우리는 전보다 더 다듬어지고 깊어진 감성을 가진 사람들이 되었을 것이다.

세상 사람들아, 이기적인 세상 사람들아. 그대들의 허물을 위해서라도 고양이를 키워라, 고양이는 그대들에게 도리어 축복이 되리라. 그리고 만일 키우게 된다면 적어도 두 마리 정도는 키우라. 왜냐고? 그 이유는 키워보면 알게 된다.

2021. 가을

목 차

나에게서 너에게로. 나는 이걸 배운다

목 차

알게 되면 이해하고,
이해하면 사랑이 오고

사랑은 닮는 것, 행복은 더하는 것

운명을 잇다

묘연

첫 만남도 나름 운명이었다

운명이었다. 일하는 곳 대기실에서 전에는 볼 수 없었던 광경을 목격했다. 몸이 갈색 털로 덮이고 발과 귀, 눈두덩이에 검은색을 띤 이상야릇한 고양이 한 마리가 자기도 나를 보고 낯설었는지 안절부절이었다. 조금 있자니 콘테이너 주차부스 안 이곳저곳을 다니며 냄새를 맡으며 딴청을 피우고 있었다. 솔직히 첫인상은 그렇게 호감이 가지 않았다. 무섭다기보다는 이상하다고 할까. 고양이를 가까이 한 적이 없다가 오늘 처음으로 컨테이너 안에서 마주한 것이다. 눈치를 보며 낯설어하며 어슬렁거리던 고양이는 갑자기 비호처럼 캐비넷 물건 더미 위로 몸을 날려 올라갔다가 이내 내려오기도 한다. 운전 기사에게 이게 어찌 된 영문인지 물으니 이름이 여름이라고 했다.

이곳에 오기 전 여름이는 기사가 아는 지인의 아들 부부가 키웠다. 그러나 아이를 출산하게 되어 아이를 위해 여름이를 다른 곳으로 보내기로 했다고 한다. 신혼부부는 여름이를 대신 돌보아 줄 사람을 수소

문하던 차에 친정엄마에게 데려오면 엄마 아는 지인이 키우겠다고 해서 데려왔다고 한다. 그런데 좋아해야 할 그분은 도리어 당황해하고 있었다. 말을 그렇게 하긴 했지만, 갑자기 데리고 올 줄은 몰랐단다. 그는 데려오면 키우겠다고 한 자기 지인에게 전화를 하고 사전을 찍어 보냈더니 무섭게 생겼다며 못 키우겠다고 오리발을 내밀더란다.

여름이는 보통 영민한 놈이 아니었다. 돌이켜보니 여름이는 주인으로부터 버림받아 낯선 곳을 떠돌게 되어 난감했을 것이다. 주차부스에서 나를 보고 혹시 우리 집으로 갈지도 모른다는 생각을 했던 모양이다. 여름이는 내가 옆에 있는 의자의 빈자리로 오라고 손짓을 하자 바닥에서 냉큼 올라왔다. 신기했다. 이 순간 고양이가 아니라 개처럼 행동했다. 여름이와 나는 초면에 신경전을 조금 벌였다. 나는 고양이의 몸을 이곳저곳 살펴보며 쓰다듬어 주었다. 예쁘지는 않았다. 갈색 털에 눈두덩이와 귀 테두리가 검어 오히려 개성 있어 보이는 편이었다.

얼마 전에 있었던 일이다. 아는 지인이 키우던 고양이가 새끼를 출산했는데 초등학교 6학년이던 소명이에게 한 마리 데려다 키우라고 했다며 내 눈치를 슬슬 살피며 말을 던졌다.

- 아빠, 우리 고양이 키우면 안 돼?

나는 아내 눈치를 살폈고 아내는 고개를 가로저었다. 아내 눈치를 살핀 후 나는 단호하게 말했다.

- 안 돼
- 왜 안돼?

우리 가족은 소명이를 끔찍하게 생각한다. 그도 그럴 것이 우리 부부가 사십 중반을 넘겨 낳은 딸아이였다. 시집간 큰딸 소희와는 18살 차이가 나는 소명이는 우리 가족의 비타민이고 에너지원이다. 그렇게 소명이는 사람들의 사랑을 듬뿍 받으며 자랐고, 그 아이가 고양이를 키우고 싶다며 애원을 해대었으니 자나 깨나 그 애원하는 목소리가 귓전을 맴돌았다.

나는 내 눈앞에 돌아다니는 고양이를 이리 보고 저리 보면서 몸을 손으로 쓰다듬었다. 그러는 동안 갑자기 머리가 복잡해지기 시작했다. 마치 큰 거래를 앞두고 고민에 잠긴 사람처럼. 여름이를 데리고 가면 좋아할 늦둥이와 기가 막혀 있는 아내의 모습이 차례로 떠올려보았다. 하지만 아내보다 늦둥이 바램을 들어주어야 한다는 생각이 더 절실했다. 기사에게 어찌할 것이냐고 물었더니 자기는 현재 혼자 살아서 고양이를 데려가서 키울 상황이 못 된다고 슬금슬금 발을 뺐다. 그동안 제발 고양이 한 마리 데려다 키우라는 지인의 1년간의 애정이 담긴 권유를 뿌리쳐왔던 우리 부부였다. 하지만 이게 웬일인가? 나는 여름이를 데려가야 할 이유를 찾으려고 애를 쓰고 있었다.

동거의 시작

여름이가 집에 오자 소명이가 지극정성이었다. 귀지를 파주고 물을 주고 안아주고 함께 뛰어 놀았다. 동네방네 아이들에게 소문을 내고 다녔으며 학교를 마치고 귀가할 때는 한 무리의 친구들을 데리고 와서 여름이를 보였다. 소명이에게 다음 주 화요일이면 다시 보내야 한다고 말하고 며칠 동안만 우리 집에 와 있는 것이라고 거짓말을 했다. 그래서인지 소명이는 더 깊이 정을 주지 않으려는 눈치다. 허구한 날 집에 모여든 친구들이 소명이에게 묻는 말은 고양이를 계속 키울 것이냐는 말에 풀이 죽어 대답하는 둥 마는 둥 했다.

- 애, 화요일이면 자기 집으로 가야 해

아쉬움을 떨쳐버릴 수 없었던 소명이는 다짐하듯 나에게 되물어 왔다.

- 아빠, 여름이가 떠나고 나면 다른 고양이 키우자.

짧은 시간 동안 자신의 의지와는 달리 늦둥이는 마치 늪에 빠져드는 사람처럼 조금씩 여름이에게 빠져들고 있었다. 평소 집에 오자마자 책가방을 문 앞에 내팽개쳐 버리고 학교 운동장이며 친구네를 돌아다니며 놀다가 저녁이 되어서야 집에 오던 늦둥이의 귀가 시간이 갑자기 빨라졌다. 집에 오면 여름이가 뛰어나와 반겨주었다. 둘의 사랑은 뜨거웠다.

하루 이틀이 지나면서 아내의 불평과 불만이 늘어나기 시작했다. 이런 아내의 태도에 불안해 하는 것은 나와 늦둥이였다. 고양이는 도무지 대화가 되지 않고 자기와 교감을 할 수 없는 말썽꾸러기며 어지르고 다니는 판에 치우느라 정신이 없어 자신의 삶이 없어졌다고 불만을 쏟아 놓는다.

고양이에 대한 지식을 얻어 보려고 책을 사서 보고, 책에는 고양이 키우는 사람들을 '집사'라고 불렀다. 나는 그 표현이 거슬렸다. 내가 아는 '집사'는 주인을 모시는 머슴이자 종을 의미하는 말이었으니 곱게 들릴 리가 없지 않은가.

내 몸도 하나 제대로 간수 하지 못하는 내가 어찌 고양이 한 마리를 위해 이처럼 헌신할 수 있을까. 하지만 고양이를 품게 된 늦둥이는 하루가 다르게 밝아지고 표현력이 풍부하고 좋아졌다. 자신의 감정을 솔직히 표현했으며 고양이의 행동과 귀여움을 표현하는 수다와 흉내 내는 일이 늘어났고 눈에 띄게 행동이 민첩하고 활발해졌다. 아침에 일어나기 싫어했던 아이가 여름이가 와서 깨우면 의욕이 생겨 눈을 뜨고 "여름아"하고 이름을 부르며 침대에서 벌떡 일어나 내려왔다. 사랑의 힘은 대단했다. 나는 집안이 어질러지는 일과 시도 때도 없이 여기저기 털이 묻어나고 날리는 것, 고양이 키우는데 들어가는 비용 등 우리 부부가 겪는 불편함과 늦둥이가 경험하는 일상의 즐거움을 저울질해 보았다. 하지만 정답을 이미 알고 있었고 무엇을 포기해야 하는지 자명했다.

나는 여름이를 돌려보낸다는 생각을 접기로 했다. 그리고 마트에서 고양이 밥을 사 왔다. 이런 내 모습을 보고 늦둥이는 의아해했다. 내일이면 돌려보내야 하는 고양이 밥을 왜 사오느냐고 의심의 눈초리를 보낸다.

- 소명아, 사실은 운전기사 아저씨가 키우기가 힘들어서 소명이가 좋으면 키워도 된다고 했어!

내 말이 떨어지자 늦둥이는 내 얼굴을 뚫어지게 바라보다가 갑자기 대성통곡을 하며 서럽게 울었다.

-으흐흑∞. 나---는---은 여름---이가 떠나가면 어쩌지 하고 잔뜩 걱정을 하고 있었-어엉∞

고양이는 도도해요, 그 맛에 키우죠

여름이를 집으로 데리고 가는 늦둥이는 마치 개선장군 같은 모습이다. 고양이가 든 트렁크를 자기 좌석 앞에 두고 이동용 트렁크에 중앙에 설치된 플라스틱 유리를 통해 통속에 있는 고양이를 지켜본다. 여름이는 철컥거리는 소리를 내면서 달리는 전철 안에서 '야옹, 야옹' 하며 계속 소리를 냈었다. 전철 칸에 앉은 사람들의 시선이 고양이 트렁크에 몰렸다. 트렁크에는 숨을 쉬라고 군데군데 동전만한 구멍이 뚫려있었다. 그 구멍으로 손가락을 넣으면 여름이는 앞발로 손가락을 건드리거나 코를 가져다 대고 사람 냄새를 맡았다. 트렁크 안에서 몸부림을 쳐서 가방이 흔들거리며 넘어지기도 했다. 여름이는 그렇게 전철로 40분을 달려 파주라는 낯선 곳으로 이사하는 불안감을 온몸으로 표현했다.

여름이를 간수하는 것이 어려워지자 내가 가방을 들고 소명이 건너편 자리로 옮겨갔다. 옆 자리에 앉은 40대 초반으로 보이는 여자가 고양이 가방에 들어가 있는 여름이를 유심히 살펴보면서 말을 걸어왔다.

나는 그녀에게 그간의 사정을 이야기했다. 그 여자는 고양이에 대해 아는 것이 많았다. 이 고양이는 '샴' 종류며 태국이 원산지고 제법 족보가 있으며 귀염성과 애정이 많은 고양이라고 말해주었다. 집에서 고양이를 키운다는 그 여자에게 나는 무엇 때문에 사람들이 고양이를 키우는지에 대해 물었다.

-개는 촐랑거리지만, 고양이는 도도해요. 그 맛에 키우죠

나로서는 알 수 없었다. 길거리에서 음식물 쓰레기 봉지를 뜯으며 사람들의 눈치를 피해 다니는 고양이가 뭐가 도도하다는 건지. 그녀의 계속된 고양이 이야기는 마치 딴 세상에 사는 사람들의 이야기처럼 들린다.

혼란

파주는 서울에 비해 공기가 맑다. 여름이나 겨울 서울보다 온도로 보면 5도 정도 낮다. 이곳에 오면 공기 냄새라는 것이 맡아지고 콧구멍이 열리는 것을 느낀다. 여름이는 그날 밤 그렇게 우리 집으로 왔다. 집에 들어오자 컨테이너에서처럼 낯선 공간과 물건들을 살피며 여기저기 냄새를 맡고 다녔다. 여름이가 우리 집에 처음 집에 온 뒤 얼마간에는 별 말썽 없이 고분고분 지내는 것 같았다. 하지만 여름이의 본성이 나오는 데는 오랜 시간이 걸리지 않았다. 여름이는 우리가 가는 곳마다 졸졸 따라다녔다. 우리 곁에 와서 지내다가 문을 열 때마다 어디서 나타나 문을 빠져나갔다. 거실 베란다 문을 열면 베란다로 나가 실내 화단에 있는 흙을 헤치며 다녔다. 주방 베란다 문을 열면 냉장고 위 먼지 구덩이에 올라 아래에 있는 우리를 내려다보았다. 미칠 지경이었다.

문제는 화단이었다. 우리 집에 화단은 거실 베란다 쪽에 있지 않고 거실과 작은방 사이에 들어와 있는 실내 화단이었다. 실내 화단은 분양

당시 인기였다. 20층 꼭대기 층인데 천장은 다른 집과 달리 3~4 미터로 극장처럼 높다. 그래서 나는 이 집의 구조나 분위기가 좋아 일부러 다른 층과는 달리 웃돈을 주면서 분양받았다. 실내 화단에는 꽃을 심기 위해 흙바닥으로 되어 있었다. 흙 묻힌 발로 이불 속을 파고드는 일에는 질색을 할 수밖에 없었다. 화장실이 제대로 준비되지 않았을 며칠 동안 여름이는 똥을 실내 화단 흙에 파묻은 일도 있었다. 여름이 몸을 빗질하면 털이 한 움큼씩 빠져나왔고, 몸을 그냥 손으로 쓰다듬기만 해도 털이 수북히 빠졌다.

털이 입이나 콧속으로 들어갔는지 목이 텁텁하고 코가 간질거렸고 이내 기침이 나왔다. 털 지옥이었다. 그동안 늦둥이 재롱을 보며 편하고 조용하게 살아왔던 우리 부부에게 여름이의 출현은 그야말로 경험하지 못한 고민거리였다. 문을 열어 놓을 수도, 방안에서 편히 쉴 수도 없었다. 나는 아내와 상의도 없이 고양이를 가져왔던 내 무모한 결정을 후회했다.

특히 글을 쓰는 나는 책상에 앉아 조용히 글을 쓸 수 없었다. 어디서 나타났는지 컴퓨터 자판 위에 올라와 앉아버렸다. 돌아다니는 수건과 펼쳐놓은 이불은 다 고양이가 깔고 앉아 아내는 빨래를 하느라 정신이 없었다. 옷에는 어디나 고양이 털이 묻어 있거나 박혀 있었다. 이런 상황에서도 좋아서 어쩔 줄 몰라 하는 것은 늦둥이뿐이었다. 며칠 뒤에 일어날 이런 사태를 내다보지도 못하고 덥석 고양이를 데려왔던 나의 순진함이 문제였다.

고양이를 데리고 온 다음 날, 마트로 달려가 고양이 모래와 스크래쳐를 샀다. 화장실을 만들기 위해 김장김치를 치댈 때 쓰는 큰 대야에다가 마트에서 산 벤토나이트 모래를 바닥에서 2센티 정도만 깔았다. 모래를 본 여름이는 대야에 얼쩡거렸으나 그곳에 볼일을 보진 않았다. 슬슬 걱정이 되었다. 시간이 흘렀다. 똥을 누기는 누는 모양인데 어디가서 실례를 하기는 하는 모양인데 그곳이 어딘지 알 수가 없어 미칠 지경이었다. 아무리 생각해도 화단인 것 같았다. 팔을 걷고 작심을 해서 화단으로 갔다. 화단을 파 보니 그곳에 덩어리로 뭉쳐진 것과 맛동산 같은 길쭉한 것들이 보였다. 감자처럼 흙덩어리로 뭉쳐진 것은 오줌이고 맛동산 같이 새까만 것이 길쭉하게 생긴 것은 똥이었다.

전 주인에게서 하얀색 에스키모의 이글루 같은 얼음집같이 생긴 고양이 화장실을 얻어 가지고 왔는데 변을 보고 나올 때 모래가 털리도록 출입구가 그물망이 되어 있었다. 하지만 발톱 속에 박힌 모래는 방바닥을 돌아다닐 때 이곳저곳 모래가 굴러다녔다. 고양이 화장실은 들어가면 입구가 굽어져 들어가게 되어 있어 그 안을 밖에서는 볼 수 없게 되어 있어 안 보이는 곳에서 편히 볼일을 보고 모래 속에 파묻은 후 나오면서 발에 묻은 모래를 털고 나올 수 있도록 배려한 구조처럼 보였다. 경험자들에게 물어보니 모래를 7센티 두께 정도는 깔아주어야 한다고 해서 모래를 많이 부어주고 고양이가 변을 누기를 기다렸다.

하루 지났을까 변소 덮개를 열고 안을 보니 소변으로 덩어리진 모래와 모래 묻은 똥이 보였다. 그물망으로 된 주걱으로 퍼 올리니 덩어리만 남고 모래는 아래로 떨어졌다. 안심이다. 똥오줌 문제는 해결되는 그것만으로도 얼마나 감사한 일인지 몰랐다.

생명에는 웃음이 필요하다

여름이가 사람이 다칠 정도까지는 심하게 스크래치를 내지 않는다는 믿음이 생길 때까지 우리 부부에게 근심도 주었다. 먼저 집을 엉망으로 만드는 일, 그리고 사납게 손을 깨물고 뒷발로 차는 일도 걱정이었다. 고양이가 사람을 문다고 하면 어떻게 키울까 하는 걱정이 앞섰다. 한 번은 여동생네 집에 갔다가 조카가 키우는 러시안블루의 발톱에 살이 파이도록 할큄을 당했던 기억이 있다. 늦둥이도 한때는 여름이가 세게 물어 무서워 안 키우겠다고 하곤 했었다.

하지만 그런 걱정은 얼마 못 가 사라졌다. 사람을 무는 이빨과 날카로운 발톱은 이빨에 양치질을 시키고 손톱을 잘라주는 과정을 거치면서 두려움이 극복되었다. 이빨을 안 닦으려고 발버둥 치거나 치약을 먹고 쩝쩝대는 모습, 발톱을 소리 내어 깎고 반대로 안 깎이려고 무서워하는 고양이의 모습, 가끔 빗으로 털을 빗길 때, 몸을 빼려고 온갖 노력을 하는 모습이라든가 목욕을 시키는 동안 발버둥을 치고 목욕 후에 물기를 말리려고 몸을 비틀고 천에 문지르는 행동을 지켜보며 우리 가족은 배를 움켜쥐고 웃었다.

여름이가 오기 전 우리 가정은 웃음을 잃어버리고 살아온 것이다. 당연히 웃음을 잃고 살아온 그 시간만큼 삶은 거칠고 메말랐으며 힘들었을 것이다. 하지만 여름이의 행동을 통해 우리 집에는 웃음이 끊이지 않게 되었다. 그것만으로 여름이는 우리 집에 살 이유가 있었다.

처음에는 이런 운명의 계기를 겪게 해준 운전기사를 원망도 했다. 하지만 여름이로 인해 명랑한 성격으로 변해가는 우울했던 소명이를 지켜보았다. 한 생명체를 통해 잃어버린 웃음과 애정을 되찾았다는 기쁨에 여름이가 고맙다.

배우다

고양이는 잘 삐치고 새침해서 신경질을 내면 며칠을 가고, 숨어서 나오지 않는 경우도 있다고 한다. 하지만 우리 여름이를 보면 그건 고양이에 대한 잘못된 생각임을 알 수 있다. 고양이에게 늘 잘해 줄 수만은 없다. 목욕을 하고 나서 비누 때가 흥건한 바닥에서 때를 다 묻히고 다니는 것이 눈에 거슬린다. 때론 화장실 변기에 고인 물을 마실 때, 차려놓은 밥상에서 음식에 냄새를 맡거나 장롱 안을 헤집고 다닐 때는 붙들어 와서 여름이 머리에 꿀밤을 준다. 꿀밤을 몇 대 맞은 여름이는 자기 집으로 들어가거나 숨어서 나오지 않는 때도 있다. 아니면 멀찌감치 떨어져 앉아서 물끄러미 나를 바라보는 일도 있다.

사람에게나 짐승에게나 제일 좋은 덕목은 화평이다. 그것이 이 땅에서의 천국을 누리는 것이 이유 아닐까?. 갈등과 번민 대립은 사람의 육체와 정신을 마르게 한다. 피부는 생기를 잃고 식욕은 떨어지며 몸은 점차 무거워진다. 의욕이 없다. 그것이 내가 아는 지옥이다. 여름이가 삐쳤을 때는 빨리 화해해야 한다. 그것이 생명 있는 것들의 의무다. 나는 여름이와 화해하는 방법을 알고 있다. 고양이 장난감 붕붕 마우스를 꺼내면 간단히 해결되는 일이다. 내가 고양이를 키우는 것을 알고 사무실 여직원이 붕붕 마우스를 선물해 주었다. 고양이 놀이용 낚싯대인데 이 장난감은 색색의 비닐종이 4겹에 몸통은 쥐의 모습을 하고 있다. 이걸 흔들면 색색으로 된 비닐이 날아다니는데 고양이는 눈이 돌아가면서 정신을 차리지 못한다.

아마 낚싯줄을 흔들면 고양이는 쥐가 움직인다는 생각을 하는지, 그것을 잡으려 쫓아다니고, 들어 올리면 몸을 날려 그것을 움켜쥐려 날뛴다. 이것 하나면 고양이를 미치고 환장하게 만들 수 있다. 붕붕 마우스를 잡으려 할 때 고양이의 몸놀림은 놀라운 유연성과 순발력의 극치를 보여준다. 몸을 날려 붕붕 마우스를 입으로 움켜쥐고 당당히 물고 간다.

- 아이 잘했어요

이럴 때 칭찬하며 머리를 쓰다듬어 주면 고생 끝에 잡은 마우스를 다시 놓아준다. 이렇게 고양이와 한 몸이 되어 30분 정도 이 놀이를 하면 살이 빠질 것만 같다. 어떤 때는 이걸 가지고 매일 운동을 하면 어떨까 하는 생각을 할 때도 있다. 은근히 아래층에서 층간소음이 들리지 않을까 걱정도 된다. 이 운동을 마친 여름이도 기가 다 빠졌는지 몸을 축 늘이고 누워있다. 삐쳤던 여름이는 다시 친한 친구 사이로 회복된다.

이렇게 한 판 놀고 나면 여름이가 성격이 좋은 고양이라는 확신이 든다. 항상 문제를 일으키는 것은 사람이다. 어떤 사람은 한 번 화가 나면 몇 년을 보지 않고, 평생을 가는 경우도 있다. 고양이 보다 못한 사람들이 태반이다. 때때로 사람은 고양이에게도 배워야 할 점이 많다. 사람은 죽을 때까지 계속 배워야 하는 존재라는 생각이 든다. 그뿐인가, 사람은 어리석은 존재다. 안 좋은 미움의 감정을 몸에 가지고 다니니 그 몸과 영혼은 얼마나 힘이 들까 하는 생각을 할 때 그렇다. 나는 이런 점에서 화를 잘 푸는 여름이가 좋다.

신령스런 존재

　새벽 무렵 문 앞에 와서 문을 할퀴며 울어대는 여름이 소리에 눈을 떴다. 아내 말로는 그 '야옹, 야옹' 간절하게 문을 열어달라는 소리가 꼭 아기의 울음소리 같다며 신기해했다. 아내는 어린아이를 기르는 젊은 엄마처럼 애처롭단다. 정말 새벽을 깨우는 여름이의 울음소리는 애절했다. 이제 날이 밝았으니 보고 싶은 존재들은 만나야하지 않느냐며, 왜 이리 늦장을 부리느냐며 통사정을 해대는 것만 같다.

　여름이는 매일 새벽 핸드폰 기상 알람이 울리면 문 앞으로 달려와서 울어대고 문을 긁는다. 간혹 우리 부부가 방안에서 대화하는 소리가 들리면 그 소리를 듣고 와서 야옹거리기도 하지만 아무 반응이 없으면 가버리고 만다. 소곤대는 소리만으로는 기상해야 할 시간이 아니라는 것을 아는 듯하다. 하지만 알람이 울리면 사정은 다르다. 그때는 꼭 일어나야 한단다. 그때 여름이는 필사적이며 좀처럼 물러서지 않는다.

우리가 잠자리에 들어가기 위해 방문을 닫고 들어가면 밖에서 문을 할퀴는 시늉을 하거나 울거나 아니면 마냥 그 자리에 서 있거나 앉아 있다. 그 모습이 가여워 아내가 잠든 틈을 타서 살짝 우리 방문을 열어 준 적이 있었다. 여름이는 조심조심 숨을 죽이며 아내 팔을 밟고 지나가 아내 머리맡에 또아리를 틀고 잤다. 잠에서 깨어난 아내는 깜짝 놀라서 나를 나무랐다. 간밤에 고양이가 들어온 것이 도둑이 들어온 것으로 오인했단다. 꿈속에서 도둑이 몰래 방안으로 들어와서 자기의 팔을 밟고 들어오기에 숨을 죽이고 어떻게 하면 저 도둑을 몰아낼지 고민하다가 잠에서 깨니 옆에 여름이가 누워있었다는 이야기를 하며 실소했다.

오늘 아침 신기한 것은 여름이 울음소리에 눈을 떴는데 시간을 보니 새벽 6시 3분이었다. 핸드폰 알람을 보니 오늘은 알람을 설정해 두지 않았었다. 여름이는 기상 알람이 울리지 않아도 정확히 6시라는 것을 알았는지 문 앞에 와서 울어대었다. 고양이를 키우는 지인들의 말을 들어보면 식구들의 기상이나 귀가시간을 정확히 알고 문 앞에 와서 기다린다고 하거나 조금 늦으면 머리를 숙인 채 실망하는 표정을 짓기도 한다는 이야기들을 했다. 정말 기계처럼 정확한 것을 보니 고양이가 신령스러운 존재라는 생각이 든다.

끊임없이 여름이는 방안으로 들어오려고 애를 썼다. 내가 '안 돼!' 하고 소리를 지르자 여름이는 문 앞에서 그냥 누워버렸다. 내가 또 한눈을 파는 사이 여름이는 벌써 문지방을 막 넘어서고 있었다. 다시 들어가지 말라며 여름이를 향해 소리를 치자 여름이는 방 안으로 들어가지 못하고 문지방을 넘지 못하고 그 자리에서 배를 보이며 그냥 누워버렸다. 이때 여름이의 몸은 문지방을 기준으로 배 위, 머리는 방 쪽으로 배 아래 하체 부분은 거실에 걸쳐 있었다. 나는 이 모습이 신기해 혼자 웃음을 지었다. 귀여운 놈이다. 못된 놈 같으면 내 말을 무시하고 그냥 들어갈 것인데 내 말을 무시는 못하고 어정쩡한 태도를 취한다. 가상하고 밉지 않다.

이름표

쓰레기 분리수거를 하기 위해 쓰레기봉투를 가지고 중문을 열고 대문을 나서자 어디서 나타났는지 보이지 않던 여름이가 아파트 문밖으로 쑥 나가버렸다. 놀라서 소리를 지르자 늦둥이와 아내가 허둥대고 있었다. 나는 쓰레기 분리 수거통을 그 자리에 놓고 여름이를 쫓아갔다. 이놈은 20층에서 엘리베이터 앞을 지나 1층으로 내려가는 계단을 타고 아래층으로 내달렸다. 우리 집은 맨 꼭대기 층인데 고양이는 거침없이 19층, 18층, 17층을 향해 내달았다. 나는 가면 안 된다면 소리를 지르며 뒤따라 내려갔다. 한참을 정신없이 달리던 여름이는 4개 층을 내려간 뒤 16층에서 눈을 내리깐 채 멈추었다. 내가 여름이를 붙잡아 다시 20층으로 올라오는 것을 본 소명이는 대성통곡을 하며 서 있었다.

나는 이제 여름이가 없으면 못살어어 흐흐흑 ∞

소명이는 외로운 아이다. 평소 의지했던 자기보다 18살이나 위인 언니는 결혼을 했다. 소명이는 나이 많은 할머니 할아버지뻘의 엄마, 아빠가 있으니 말이 통하지 않아 답답하던 차였을 것이다. 다른 아이들처럼 젊은 아빠, 엄마가 아니어서 창피하기도 했으리라. 그러던 차에 남동생 같은 여름이가 생겨서 그렇게 반갑고 좋을 수가 없었다. 이제는 학교를 마치고 집으로 돌아와 텅 빈 집에 들어와도 않았다. 여름이가 문을 여는 소리만 나면 달려 나와 반겨준다. 여름이가 장난으로 소명이를 물면 소명이도 자기 이빨로 여름이의 머리와 목덜미 가죽과 귀를 물어뜯는 시늉을 하며 놀았다.

나는 여름이가 우리 집에 온 것을 매우 긍정적으로 평가하고 있는 중이다. 집안을 어지르는 개구쟁이, 털을 날려 아내를 힘들게 하지만 늦둥이가 저렇게 좋아하고 여름이 때문에 외로움을 많던 내성적의 성격이 쾌활하고 밝아졌기 때문이다.

아침 출근길 회사 앞 전봇대에 고양이를 찾는 '현상금 지급'이라는 문구가 적힌 종이가 붙어있었다. 여름이와 같은 종류의 '샴 고양이'를 잃어버린 주인이 애타게 고양이를 찾으며 현상금까지 내건 광고전단이었다. 사진에 고양이는 여름이와 똑같이 생긴 샴 고양였다. 샴 고양이는 성견이 되면 거의 모습이 같아 보여 자기 고양이와 다른 사람이 키우는 고양이를 구별하기 힘들 정도다. 실종된 ㄱ 아이의 이름은 '달구'였으며 고양이를 찾게 해주는 분에게는 30만원을 드린다는 내용이었다.

고양이를 발견하고 잡으려고 하면
도망을 가니
잡으려고 하지 말고
알려만 주세요.

나중에 안 일이지만 그 전단은 마포구 어디를 가나 붙어있었다. 주인은 달구를 필사적으로 찾고 있었다. 아마 모르긴 해도 주인은 '달구'를 잃어버리고 앓아누워 지금쯤 신음을 하고 있을지도 모르겠다. 어쩌면 우리도 여름이와 무섭고도 질긴 뜨거운 정을 나누게 될지도 모른다는 생각을 했다. 생각이 거기까지 미치자 나는 여름이를 잃어버리지 않을 방도를 찾기로 했다.

인터넷에서 이름과 신상이 새겨진 고양이 이름표를 주문했다. 황금색의 고급 목줄에 금속으로 만든 이름표였는데 전면에는 '여름이 2019.1.14.' 와 뒷면에는 소명이의 핸드폰 번호를 새겨 넣었다. 2019.1.14일은 여름이가 우리 집에 처음 온 날이다. 여름이는 처음에는 목에 이상한 것이 걸려있어 벗겨보려고 애를 쓰다가 곧 적응이 되는지 아무렇지도 않은 듯했다. 이쁜 목걸이 소품을 걸친 여름이는 더 귀엽고 귀해 보인다. 샴 고양이는 비슷하게 생겨서 누구 고양인지 도무지 구분할 수가 없다. 그렇게 되면 그간 인연은 끝나는 것이다. 하지만 목에 이름표를 달아주고 나니 한결 마음이 가볍다.

샴 고양이는 감성이 뛰어나다

인터넷을 뒤지며 샴이 어떤 고양이인지 검색하며 공부를 했다. 가장 혼란스러운 부분은 샴은 '감정이 풍부한 고양이'라고 정의를 내리는 대목이었다. 감정이 풍부한 고양이라는 정의가 당시 나로서는 쉽게 이해할 수 없었다. 고양이가 감정이 풍부하다면 어떻게 감정이 풍부하다는 것인지 좀체 알 수 없었다. 하지만 여름이를 만난 지 채 두 달이 되지 않아 그 말이 이해가 되었다.

오늘 같은 경우도 그렇다. 퇴근해 오니 집에 소명이는 학원을 가고 없었다. 중문을 열고 들어서자 여름이가 뛰어나와 바닥에 그냥 드러누워 버렸다. 우리 부부는 "여름아, 들어가자!" 하며 거실로 들어왔는데도 여름이는 현관에 배를 뒤집어 보이며 그 자리에 그대로 누워있는 것이 아닌가. 얼른 와서 자기 배를 어루만지고 머리를 쓰다듬으면서 "여름아, 잘 있었어?"하고 다정다감하게 칭찬해 달라는 식이었다. 뒤돌아보니 여름이는 배를 훤히 드러낸 채 우리를 올려다보고 있었다. 이때가 '샴 고양이는 감정이 풍부하다' 말이 전광석화처럼 이해가 되는 순간 이다.

표현하는 것은 건강하고 아름답다. 아픈 것을 표현하지 못하고 자꾸 속으로만 끓이고 웅크리고 있다가 병을 만들고 키운다. 나는 누워있는 여름이를 한참 내려다보았다. 이제는 새벽마다 방문 앞에 와서 우리를 깨우는 여름이의 야옹거리는 소리는 더 활발해졌다. 그리고 여름이가 내뱉는 소리가 더 많아지고 날마다 수다가 늘어만 갔다. 아마 앞으로 1년만 지난다면 여름이와 우리 가족은 '대화'를 나눌 수 있을 것도 같다.

강아지는 주인을 보면 무조건 꼬리를 치고 시도 때도 없이 먹을 것을 구하지만 그에 비해 여름이는 확실히 품위가 있다. 자기가 필요할 때 와서 애교를 피우고, 사람들을 자기를 위해 일하도록 시키는 도도함도 있다. 그리고 가족들이 먹는 음식에는 관심이 없다. 마른 멸치만 제외한다면 말이다. 우리가 아무리 맛난 음식을 먹어도 여름이는 자기 집에 들어가 눈을 감고 잠을 청하는 척한다. 대단한 인내력이다.

눈 뜨면 고양이와의 춤을

여름이의 애교는 날로 발전해 가고 있다. 여름이의 변신은 무궁무진하다. 정말 감탄할 정도다. 방문을 열고 내가 화장실로 걸어가는 동안 여름이는 나를 쫓아다니면서 꼬리를 세워 내 몸을 건드리기도 하고, 얼굴을 종아리에 문대면서 줄기차게 쫓아오며 나의 발길을 막아선다. 나는 여름이를 발로 치거나 밟지 않기 위해 지그재그로 춤을 춘다. 나를 쫓아다니면서 얼굴을 비비고 화장실에 앉아 잇으면 화장실 안으로 따라 들어오려는데 막아서면 화장실 입구에 앉아 볼일을 볼 때까지 기다려 서 있거나 길게 드러눕는다. 그 모습을 지켜보면 고양이는 절대 도도하지 않으며 사람을 그리워하며 따르는 동물임을 알게 된다.

아내가 방문을 열고 나오면 여름이는 쏜살같이 아내 쪽을 향해 달려간다. 아내는 애교를 섞어 '여름-아'하며 이름을 부르는데 이때 여름이의 대답은 평소와는 달리 아양을 떨거나 애교를 한껏 부리는 소리인 '야-아-아-아-옹' 하고 아내에게로 다가서서 아내의 몸에 얼굴과 몸과 꼬리를 부벼댄다. 아내가 걸어 나오면 가랑이 사리로 자기 꼬리를 곧추 세워 사람 몸에 부비며 곡예 하듯 따라다닌다. 지금까지 평소 여름이의 인사는 짧고 단호하게 '야옹'이었다. 이 소리는 소명이 같이 나이 어린 아이라든지 주로 낮에 자기 이름을 부를 때 경쾌하게 응답하는 소리다. 하지만 새벽의 만남처럼 홀로 밤을 새고 나서 오랜만에 애정을 확인하는 소리는 '야-아-아-아-옹' 처럼 길게 대답하는 모양이다.

고양이는 누가 오라 한다고 해서 즉각 오는 행동을 늘 취하지 않는다. 자기 이름을 불러도 잠시 쳐다보는 척하다 이내 자기 갈 길을 간다. 아내는 "저놈이 나를 무시한다"고 빈정댄다. 그러다가 소명이가 부르면 여름이는 곧장 그곳으로 가버리고, 아내는 질투한다. 여름이가 자기를 어린 소명이보다 무시한다고 생각하는 모양이다. 하지만 아내 나름의 생각일 뿐 여름이도 나름대로 생각이 있어 그럴 것이다.

고양이와 교감이 크고 깊어질수록 개한테서 느끼지 못하는 오묘한 감정을 느낀다. 고양이와의 교감은 은밀하고, 구체적이며, 때로는 계산적인 면이 있다. 새벽에 나를 맞아주는 여름이를 생각하면 우리의 만남은 운명이고, 어쩌면 나에게 축복일지도 모른다는 막연한 생각을 하게 된다. 그 이유는 나도 모른 체 말이다.

고양이는 영물

목욕을 하는 아내의 욕실 앞에서 아내의 몸을 다 훔쳐보며 보초를 서고 있는 여름이를 보고 아내는 자기를 충성스럽게 지켜준다고 싱글벙글이다. 여름이가 변함없이 자기를 지켜준다고 생각하는지 순간적으로 고마움을 느끼는 모양이다. 여름이가 자기를 졸졸 따라다니다가 늦둥이가 방안으로 쏙 들어가 버리면 미처 따라가지 못하고 방문 앞에 멈추어 서서 방안의 소리에 귀를 대고 들어가려고 발톱으로 문을 할퀴기도 하고 방문 손잡이를 향해 몸을 날려 점프하기도 한다. 그래서 문을 열고 들어가기도 한다. 집착에 가까울 정도로 사람을 따르는 저 줄기찬 모습, 마치 사랑에 빠진 스토커와도 같다.

고양이는 원래 사람을 잘 따르는 동물처럼 생각된다. 그리고 지능도 있고, 감정도 풍부한 편이다. 고양이가 보이지 않아 찾아보면 식탁 의자에 옷을 걸어 두어 그 아래가 보이지 않는 곳에 숨어 들어가 웅크리고 있다. 다가서서 '야옹'하면 여름이도 '야옹'하고 내가 다시 '야옹' 하면 여름이도 '야옹'하고 답한다. 이런 '야옹야옹'의 주거니 받거니 하는 것은 4∽5회 반복된다. 그건 내 소리를 알아듣고 대꾸한다는 말이다. 여름이도 애틋한 마음을 가지고 있다는 증거다. 아내와 내가 방문을 닫고 들어가 정답게 이야기를 나누면 여름이는 닫힌 문 앞에서 계속 '야옹' 대며 자기도 끼어 달라고 애원을 해댄다.

나는 아내가 여름이로부터 삶의 조그마한 기쁨을 찾는 것과 큰딸이 시집가고 난 후 혼자 지내는 어린 소명이의 외로움을 달래주는 반려묘로 존재해 주는 것이 고맙다. 여름이 때문에 우리 가족 구성원들의 정서가 깊어졌으니 소중한 존재다. 여름이는 우리 가족에게는 축복임이 분명하다.

아름다운 동거

3월 중순으로 접어드는 쉬는 날 여름이와 하루 종일 지내게 되었다. 여름이도 보이지 않고 집안이 조용하다 못해 썰렁하다. 여름이를 찾아 다니다가 여름이가 잘 숨는 책상 의자 밑과 식탁 의자 밑에 가보아도 보이지 않는다. 이방 저 방 찾아다녀도 없어 마지막으로 소명이 방으로 들어가니 의자 위에 걸쳐놓은 이불을 깔고 웅크리고 앉아 있었다. 학교에 간 소명이가 그리웠던 모양이다. 기온이 높아져 겨우내 닫아두었던 방문을 활짝 열어 놓았다. 점심을 먹을 무렵에는 내 방 침대에 개어 놓은 이불 위에 올라가 졸고 있었다. 방문에 이어 거실 베란다를 열고 베란다 문을 열자 상큼한 바람이 불어왔다. 베란다 문을 여는 소리가 들리자 어디선가 여름이가 달려와 열린 베란다 문에 코를 킁킁대며 바깥 공기를 마신다.

그러다가 따스한 햇빛이 비치는 곳으로 옮겨 몸을 쭉 뻗은 채로 일광욕을 즐기고 있다. 곧 얼마 안 있어 갑자기 '우다다다' 베란다와 식당 주방 사이의 긴 거리를 한걸음에 내달렸고, 유턴해서는 소파 위를 뛰어 오르며 마치 사냥하듯이 움츠리다가 재빨리 베란다로 달려갔다. 겨우내 닫혔던 문을 열어 공간을 넓게 열어 놓으니 아마 기분이 좋았던 모양이다. 여름이는 외출했던 우리 가족이 다 돌아오면 기분이 좋아져 갑자기 '우다다다' 내달리면서 그 감정을 표현하곤 한다.

나도 나이가 들어서 그런지 이제는 여름이를 보아도 어르고, 쓰다듬고, 입을 맞추는 행동을 쉬이 하지 않는다. 둥근 배처럼 생긴 스크래쳐 안에 들어가서 몸을 활처럼 휜 채로 쉬고 있거나 방안 이불 위에 있거나 양지바른 의자에 몸을 뉘어 잠을 잘 때는 그냥 내버려 둔다. '애묘'와 '반려묘'는 개념상으로는 비슷해 보인다. 사랑하는 고양이고, 좋아서 함께 살아가는 고양이라는 뜻이니 다를 바가 없다. 하지만 '애묘'라는 개념에는 내가 고양이를 일방적으로 좋아해 관심을 쏟고 못살게 안달을 구는 그런 개념이 떠오르는 것은 왜일까. 반면 '반려묘'라고 했을 때에는 고양이의 입장을 생각해서 적당한 거리를 두고 고양이의 자유와 삶을 존중한다는 생각이 든다.

사람과의 사이도 마찬가지다. 사랑한다고 해서 지나친 관심과 소유의식을 가지고 접근하면 일시적으로 내 기분은 좋아 보일지 몰라도 상대가 괴로워해 끝내는 상대뿐만 아니라 나 자신을 망치기도 하는 경우가 생긴다. 모든 존재는 존재 그 나름대로 모습을 존중해 주어야 한다.

길에서 고생하는 고양이가 안타까워 밥을 주러 다니고, 길냥이를 입양을 해서 키우는 사람들을 본다. 그들은 집에서 고양이를 키우면서 자신의 욕망을 채우는 대신 인간의 긍휼과 자비심을 가지고 고양이를 대한다. 그런 단계까지 진전해 고양이를 키울 때 고양이는 물론 자신을 위해서도, 이 세상을 위해서도 아름다운 고양이와의 공생이 될 것이다. 그놈이 나를 향해 다가와서 놀아달라고 요청하기 전에는 나도 그저 덤덤하게 바라만 볼 수 있다면 좋겠다.

고감

오늘 아침 여름이는 점잖다. 욕실에 가서 양치를 하거나, 세수나 머리를 감고 나오면 그 사이 아무도 없는 욕실로 들어가 욕조에 흘린 물을 혀로 핥아 꾸중을 듣기도 한다. 하지만 오늘은 내 방에 들어가서 헤어드라이로 머리를 말리고 나오니까 욕조에 들어가지 않고 자기 밥통에서 밥을 먹는 시늉을 한다. 오늘따라 부부 방문을 열어 놓아도 눈치를 보며 이부자리 위에 앉지 않고 슬그머니 들어와서 문 옆에 엎어진다. 말썽을 피우지 않는 여름이의 모습을 보는 일은 대견스럽기까지 하다. 내가 요구하는 것, 원하는 것을 저 녀석은 알기라도 하는 것일까.

그윽한 눈매로 나를 한동안 쳐다보는 여름이의 모습에 껌뻑 넘어가지 않을 사람이 어디 있을까. 늦둥이는 여름이를 자기 친동생처럼 생각한다. 여름이가 자기를 졸졸 쫓아다니는 것을 좋아한다. 여름이의 순진한 모습을 쳐다보고 있으면 저 녀석이 아프지 않도록 귀속 청소도 자주해주고, 이빨도 닦아주고 가끔 목욕도 해주고, 먹는 것과 화장실 청소도 잘 해주어야겠다는 생각이 든다. 고양이는 기르면 기르는 자의 책임을 불러일으키게 하는 묘한 동물이다. 살면서 기쁨과 어려움을 함께 겪으며 가야 하는 생의 반려임을 깨닫게 해준다.

사라지면 내가 울고 불며 슬퍼해야 할 존재가 세상에 몇이나 될까. 독일에서는 초등학교 5학년이 되면 반려동물의 죽음에 대해 교육한다나. 사랑하는 것들의 죽음을 공부하고 이해한다는 것은 인간에 대한 성찰이다. 인간은 성찰을 통해 고귀한 존재로 거듭난다. 핵가족시대에 반려동물은 가족이다.

여름이가 아프면 내 마음이 아프고, 여름이가 죽으면 살아있는 생명체의 유한성에 마음이 아플 것이다. 우리 집에 온 지 2달밖에 안 되었지만 여름이는 우리 가족을 더 성숙한 인간으로 만드는 생명체다. 늦둥이나 아내나 나 역시 퇴근하는 길이 외롭지 않다.

무드등

저녁에 잠자리에 들려고 방문을 열고 들어가자 그 틈으로 여름이가 따라 들어온다. 여름이에게 미안하지만, 우리 방은 금지구역이다. 그래도 잠시 공개가 허용될 때가 있다. 여름이는 처음 방을 들어올 때는 신사처럼 아주 조용히 들어와 방 모서리나 피아노 의자 위에 조용히 무릎을 꿇고 앉아 있는 시늉을 한다. 하지만 그 녀석의 속마음은 이불 위에 올라가 앉는 것임을 모를 리 없다. 어제는 무드등을 겸한 가습기가 신기했던 모양이다. 고양이는 호기심이 많고 놀이를 좋아한다. 빨강, 노랑, 초록, 보라, 흰색 등 수시로 변하는 무드등 색깔이 신기할 것이고 거기서 뿜어져 나오는 희뿌연 수증기도 신기한지 코를 갖다 대며 음미하는 표정을 짓는다.

여름이는 신뢰 가는 사람을 만났을 때 몸을 활처럼 휘거나 쭉 뻗어 요가 동작을 한다. 그리고 꼬리를 수직으로 세워 사람 주위를 빙빙 도는 시늉을 한다. 몸을 쓰다듬어 주고 코에 손가락을 갖다 대어보면 촉촉이 젖어있다. 모든 것이 만족한 상태다. 여름이 애교는 신기할 정도로 나날이 발전하고 있다. 오늘은 확실히 다른 날과는 구분되는 색다른 소리를 내며 애교를 과시한다. 아침에 몸을 만져주면 몸이 떨면서 그르렁거리는 소리를 내지만 거기에다가 개가 낑낑대는 것처럼 소리를 낸다. 극도로 만족하고 반갑다는 이야기!.

　그뿐만 아니다. 일어나서 나를 한참을 뚫어지게 보고 있다가 무릎을 타고 올라와 내 코에 자기 얼굴을 묻히고 두 발로 내 머리를 감싸듯 만진다. 마치 사랑하는 애인의 머리를 두 손으로 잡고 키스하는 것처럼. 이 광경을 처음 접하고 놀라움의 탄식이 흘러나왔다. 소명이도 어제 이와 비슷한 소리를 했다. 구체적으로 잘 기억은 나지 않지만, 평소 보지 못한 동작들을 하면서 애교를 피운다는 이야기였다. 아내도 이제 여름이의 애교를 신기해하고 귀여워한다. 그러면서 자기한테는 왜 안 해주는지, 샘통이다.

　여름이는 다시 밥통 앞으로 갔다. 밥통을 보니 비어있다. 장독에 둔 자기 밥을 가지러 가자 내 뒤를 졸졸 따라온다. 밥을 주자 앉아 '오도독' 씹는 소리를 내며 먹고 있다. 이빨도 닦아주고 귀도 파주고 모욕도 시켜주어야 했다. 모래도 다 떨어져 간다. 이런저런 염려는 자식들을 위해 노심초사하는 부모의 사랑과 뭐가 다를까.

되찾은 애정

요즘은 집으로 빨리 가고 싶어진다. 집에 가면 맛있는 음식이 있는 것도 아니고 반갑게 나를 기다리는 사람이 있는 것도 아니다. 하지만 집에 도착해서 문을 열고 들어가면 귀가하는 발걸음 소리를 듣고 뛰쳐나와 배를 드러낸 채 벌렁 누워 맞아주는 여름이가 보고 싶어 그 기대에 미소가 지어진다.

여름이는 날로 철이 들어간다. 아내도 이제는 여름이가 보이지 않으면 어디 있는지 찾아다니고 찾으면 안아서 소파로 데리고 간다. 여름이는 우리를 쳐다보며 끼룩끼룩 소리를 내고, 동그란 눈을 반달 모양으로 반쯤 감다가 다시 눈을 뜬다. 사람으로 말하자면 연인에게 윙크를 보내는 것이 틀림없다. 이렇게 날로 새롭고, 다양한 교감을 하다 보니 이 고양이가 우리에게 얼마나 귀한 반려인지 모른다. 나는 아내와 함께 오늘 저녁 메뉴로 오징어를 삶고 무와 미나리를 채 썰어서 오징어 회무침을 했다. 무를 채 썰면서 무가 소화도 잘되므로 여름이에게도 주고 싶었다. 그래서 여름이 밥에 무를 잘게 썰어 사료에 섞어주었다. 늦둥이와 아내는 주지 말라고 말렸지만 나는 고양이 몸에도 좋을 것으로 생각하고 주었다. 여름이는 밥에 섞어준 무를 거의 다 먹었다. 고양이가 먹는 풀을 판매하는 것을 보았고, 우리 집에 온 여름이가 풀과 꽃을 뜯어먹는 시늉을 하는 것을 보고 먹을 수 있을 것이란 생각이 들었기 때문이다. 앞으로 딸기나 브로콜리 같은 채소와 과일이 있으면 삶아서 잘게 썰어 밥에 섞어주어야겠다.

아찔한 실수

아침은 싱그럽다. 여름이와의 애틋한 만남으로 기쁜 하루를 연다. 하루하루 시간이 지나갈수록 친숙해져서 눈빛만으로 모든 것을 이야기할 수 있다. 사람뿐만 아니라 짐승과도 그윽한 눈빛으로 이야기할 수 있다. 여름이의 눈매는 그윽하고 깊다. 그 아이는 선천적으로 눈두덩이가 검다. 그 검은 눈두덩이 속에 파란 구슬이 박혀 있다.

생명 있는 것들과의 관계는 시간이 필요하다. 그리고 바라볼 때는 천천히 여유 있게 바라보아야 한다. 오늘 아침에도 누워버린 여름이를 쓰다듬고 나서 그대로 내버려 두었다. 여름이는 내 몸 주위를 돌며 무릎과 내 엉덩이에 자기 얼굴을 문지르고 내 발을 베개 삼아 옆으로 길게 누워 한참을 있었다. 나는 그대로 두었다. 여름이는 다시 일어나서 나를 그윽한 눈매로 한참을 뚫어지게 쳐다본다. 나의 눈과 여름이 눈이 마주치자 미안한 듯 눈동자를 길게 만들기도 한다. 그러다가 발을 달라고 하지도 않았는데 자기 왼발을 들어 올려 내게 주는 시늉을 한다. 이

것도 처음 하는 짓이다. 개들은 발을 달라고 하면 발을 주고 자기가 먼저 와서 발을 들어 올리며 인사를 하기도 한다. 그런데 고양이도 그러는 모양이다. 아무튼 자기 앞발을 주는 행동은 처음이다.

어제는 소명이가 엄마 도움을 받아 여름이 목욕을 시켰다. 아내는 세면장 안을 들어가면 그 앞에서 보초를 서고 있는 여름이를 신기하고 대견하게 생각했다. 이런 여름이의 행동이 계속되자 여름이가 목욕을 하고 싶어서 세면장 앞에 있는 것이 아닌가 하고 추측을 하기 시작했다. 목욕을 시키는 내내 몸부림을 치지 않고 가만히 있는 모습을 보고 여름이가 목욕을 좋아한다고 생각했다. 여름이는 우리가 자기를 친자식처럼 아끼고 사랑해 준다는 것을 알고 있다.

여름이 이야기를 시작하면서 간간이 여름이의 모습을 사진으로 찍어왔다. 어제는 둥근 스크래쳐 안에 완전히 사람 눕듯이 배를 보이고 하늘을 향해 누워있기에 신기해 사진을 찍었다. 조금 특색 있거나, 재미있거나, 귀여운 모습을 사진에 담았다. 처음 사진을 찍을 때는 플래쉬 불빛을 보고 이내 자리를 떴으나 이제는 사진을 찍으면 카메라 쪽으로 다가오다가 포즈를 취해 주기도 한다. 여름이는 사진 찍는 것도 적응한 모양이다. 어제저녁에는 여름이 사진을 찍는다고 소명이가 카메라를 가져가서 여름이 사진을 찍었다. 움직이는 동작을 찍다 보니까 흐릿

하게 나와서 삭제를 하려다가 잘못해서 '전부 삭제'를 눌러 그동안 공을 들여 찍어 놓은 사진 전부를 날려 버렸다.

64G 메모리 USB에는 여름이를 처음 만나서 찍은 사진을 비롯해 지난 일 년 동안 찍었던 사진 수천 장이 다 날아갔다. 늦둥이는 어쩔 줄 몰라 했다. 나도 속이 상했지만, 발 안마를 해주겠다고 하길래 그러자며 발 안마를 받고 용서해 주었다. 속이 쓰리지만, 다시 시작해야 한다.

적응

벌써 아침 8시가 넘어버렸다. 새벽 6시 반부터 지금까지 1시간 반 동안 인터넷에서 여름이 간식과 장난감을 쇼핑하느라 시간을 보냈다. 재롱을 떠는 여름이, 때로는 힘이 없어 보여 안타까워 보이는 여름이를 위해 뭔가 간식을 주어야 할 것 같은 생각에 새벽부터 일어나 허둥지둥 쇼핑몰을 뒤지며 고양이 간식에 대해 알아봤다. 평소 이용하는 쇼핑몰에 물건이 없어 또 다른 쇼핑몰에 회원으로 가입을 하고 결제정보를 입력하는 등 이래저래 시간이 많이 걸렸다.

간혹 인터넷에서 파는 간식들은 마약 간식이라고 해서 건강에 안 좋은 재료를 사용하는 경우가 많아 수의사들은 이런 것들을 추천하지 않는다. 한두 해 같이 생활할 것도 아닌데 간식을 잘못 먹어 탈이라도 나면 안 될 것 같아 몸에 좋은 자연의 재료로 만든 그런 간식을 찾느라 골몰하며 간식거리도 흔한 액체 형태보다 자연의 재료를 가지고 비교적 단단한 고체로 된 재료를 찾는다.

사람도 매일 밥만 먹을 수 없듯이 때로는 특별한 간식이 필요하다. 늦둥이는 여름이가 목욕을 잘하거나 발톱을 깎을 때 말을 잘 듣고 고분고분하면 그때 손수 간식을 줄 것이니까 내가 함부로 간식을 주지 말라고 엄포다.

집사들은 함께 사는 고양이를 자신의 아이처럼 여긴다. 그러다 보니 늘 고민이 깊다. 고양이 놀이기구도 신기한 것들이 많다. 기분이 안 좋은지 먼지 구석에 들어가 숨어있거나 장롱 천장에 올라가 있어 내려오지 않을 때 난감하다. 이때 여름이를 불러내자면 붕붕이가 제격이다. 붕붕이를 흔들며 소리를 내면 숨어있던 여름이가 어디선가 나오니 이것보다 요긴한 물건도 없다. 실로 만든 것은 자주 떨어져서 자주 바꾸어 주어야 하는 관계로 여러 개를 사서 사용하든지 튼튼한 와이어로 만든 것을 사야 한다.

어제저녁에는 파전을 먹기 위해 다듬어놓은 파를 사놓았는데 여름이가 먹고 싶은지 파단 옆에 와서 냄새를 맡고 관심을 보였다. 전에도 꽃다발을 병에 꽂으니 꽃을 따 놓는 등 관심을 보이는 걸 보니. 여름이는 풀에 대한 관심이 많다는 것을 알게 됐다. 야채를 사주거나 집에서 기르면 번거로울 것이라는 생각이 들지만 여름이가 좋아하니까 준비를 해야겠다는 생각이 머릿속을 떠나지 않는다. 이제 나도 제법 책임 있는

집사가 되어 가는 모양이다. 하지만 나는 아직 초보 집사일 뿐 앞으로
갈 길은 얼마나 험난할지 모른다.

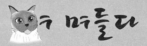

스마일리

'스마일리'라는 이름을 가진 개에 관해 쓴 책을 읽었다. 신문을 읽다가 소개된 반려견에 대한 이야기였지만 여름이를 키우는 중이라 도움이 될지 몰라 사서 읽었다. 강아지 번식장에서 양쪽 눈이 없이 왜소증이란 유전병을 가진 골든리트리버 새끼였는데 구조된 것이다. 구조센터로 가서 여러 번 분양시도를 했으나 누구도 병든 개를 입양하지 않으려 해서 여러 번 퇴짜를 맞기도 했다. 할 수 없이 개를 구조한 수의사 조앤이 자기 집으로 데려가서 키운다는 이야기였다. 스마일리는 온유하고 인내심이 있어 치유견으로 교육을 받았다. 이후 스마일리는 정신적, 육체적으로 어려운 상황에 있는 수많은 사람에게 치유와 사랑을 선사하는 훌륭한 치유 역할을 감당했다.

여름이를 만나면서부터 길가에서 지나쳤던 불쌍한 고양이들이 눈에 들어온다. 추운 겨울잠 잘 곳이 없어 방황하거나 먹을 것이 없어서 쓰레기통을 뒤지거나 음식을 조리하는 곳 앞에 서서 음식물을 구걸하거나, 사람의 발길질을 피해 다니던 고양이 생각도 났다. 그 고양이들이 하는 행동이 모두 여름이 같아 그 길냥이들이 불쌍하다는 생각이 들었다. 여름이를 만나면서 살아있는 생명에 대한 긍휼이 생겼다.

고양이든 사람이든 생명이 서로 사랑하면서 만나는 것은 중요하다. 만나기만 하면 살아있는 생명에게는 서로 무관심할 수가 없다. 관심을 가지는 만큼 우리는 새로운 것을 경험하고 때때로 좋은 방향으로 심성이 경작되기도 한다. 그래서 우리는 서로 누군가를 만나야 한다. 인간 존재를 더 고결하게 높여주는 그런 존재가 무엇이던, 그것을 발견하고 그 존재의 가치를 발견해야 하니까.

빨리 집으로 돌아가고 싶다. 돌아가서 여름이의 밥을 챙겨주고 싶고 여름이와 뽀뽀를 하고 싶다. 그러면 세상에 나가 부대끼면서 내 몸에 쌓아왔던 피로가 풀어질 것만 같다. 분명 여름이는 우리 가족들에게 스마일리처럼 치유를 선물하는 존재다.

모든 걸 함께할 수 없다

　오늘 아침도 어김없이 문 앞에 와서 야옹하며 울었다. 한두 번이 아니라 계속 울어대는데 그 소리는 꼭 갓난아이 울음소리 같고 애원하는 소리 같다. 아내는 여름이가 중성화 수술을 했지만 짝을 찾는 구애를 하는 것이 아닐까 하는 생각이다. 문을 열어달라고 애원하는 여름이를 문밖에 두고 방안에 누워 아내와 이런저런 이야기를 하고 있으면 여름이는 더 안달이었다. 빨리 문을 열고 만나자고 재촉한다.

　고민이다. 저렇게 함께 살자고 애원을 한다면 방문을 열어 함께 뒹굴도록 해주어야 하지 않을까, 하는 생각 때문이다. 문을 열어 주지 않는 것이 잔인하다는 생각이 들기도 하고. 만일 어린 자식이나 손주가 문앞에 와서 애원한다면 바로 문을 열어 주었을 것이다. 아내가 일어나 거실로 나갔다 들어오는 사이 여름이가 재빠르게 방안으로 들어왔다. 나는 여름이가 어떻게 하는지 두고 보자고 했다.

여름이는 우리 방에 있는 가습기용 무드등에서 뿜어져 나오는 가습기의 연기가 늘 신기한 모양이다. 코를 대고 연기를 맡기도 하고 수증기를 잡으려고 두 발을 허공으로 날려 움켜쥐려고 발길질을 해댄다. 이내 빙빙 우리 이부자리를 돌면서 들어와서 앉을 만한 공간을 탐색 중이다. 아내와 내가 나란히 누워있는 사이 중간에 공간을 찾아 여름이가 쏙 들어와 누웠다. 아내는 질겁이다. 가뜩이나 아내는 잠자는 동안 내 몸부림 때문에 힘들어하는데 여름이가 이부자리에 들어오면 잠을 제대로 자지 못한다.

아내는 앞으로도 계속 여름이를 방안에 재우지 말자고 한다. 나는 말없이 동의한다. 함께 생활을 하는 생명이지만 사람과 모든 일상을 함께 할 수 있는 것은 아니다. 가족들이 공동생활을 하면서도 생각이 다르다. 아내와 남편인 내가 다르다. 남녀의 차이가 아니라. 남자와 여자는 다른 존재다. 늦둥이도 초등학교 4학년이 되면서 자기 방에서 잠을 잤다. 아이의 독립성과 부부의 프라이버시를 위해서다. 그렇게 생각하니 조금 위안이 되었다. 여름이와 우리도 그래야 한다고 생각한다.

반려동물이라고 하여 사람들과 똑같이 할 수는 없다. 어디까지 배려해 주어야 하는지 하는 것이 고민이다. 여름이가 짐승이라고 차별을 해서는 안 될 것이다. 사람과의 다른 점은 인정하되 한 생명체로서 존중하고 배려하는 마음을 가지면 될 것이다. 나는 가끔 여름이 때문에 안쓰러울 때가 있다. 우리 집까지 입양된 힘없는 짐승을 아끼고 사랑해 주어야 하겠다는 생각 때문이다. 인간이 자신보다 약한 생명에 대한 긍휼, 그 존재를 끝까지 사랑해 주는 인내, 생명과 안전을 지켜주어야 하는 책임감, 여름이는 이런 고귀한 감정을 느끼게 해주는 존재다. 그래서 나는 여름이를 통해 더욱 성숙한 존재로 발전해 가고 있다. 그 점은 늦둥이도 마찬가지일 것이다. 그것이 인간이 반려동물과 생활하면서 얻을 수 있는 최고의 선물이 아닐까.

개냥이

고양이는 개와 달리 자기중심적이다. 개는 자신을 두들겨 패고 나간 주인이 집에 돌아와도 반기는 반면 고양이는 이름을 불러도 보는 체 마는 체하며 자기가 가던 길을 가버리며, 기분이 상하면 은밀한 곳에 숨어서 나오지도 않는다. 하지만 여름이는 다르다. 고양이지만 성격이 좋아서 그런지, 사람을 잘 따른다. 아침마다 방문 앞에서 울어대는 것도 그렇고 아내가 목욕을 할 때 문 앞에서 지켜주는 것도 여름이다.

여름이는 가족들을 늘 따라다닌다. 퇴근해서 오면 문 앞에 나와 배를 보이며 누어버리며 재회를 반긴다. 크게 기지개를 켜며, 요가 동작을 몇 번이나 해 보이고 자기 밥통 앞으로 다가가서 안 먹던 밥까지 먹기 시작한다. 이제 안심이라는 의미일까? 아무튼, 그런 동작은 이제 집에 들어올 사람이 와서 마음이 편하고 만족스럽다는 표현임이 분명하다. 나같이 변변찮은 집사를 만나도 신뢰해 주는 그 태도가 고맙다. 하지만 사람은 어떤가? 시시각각으로 마음이 변하고 요동친다. 여름이는 아마 내가 몸져누웠거나 세상에서 힘든 어려움을 겪고 쓰러져 있을 때도 내 곁을 떠나지 않을 것만 같다.

내가 어떻더라도 끝까지 내 곁을 지켜 줄 생명이 몇이나 될까? 생각이 거기에까지 이르자 여름이가 새삼 귀하다.

개구쟁이 철부지

여름이가 우리 집에 오기 전만 해도 늦둥이는 일상에 의욕이 없었다. 아내는 늦둥이에게 하루 중 아침만은 함께 먹어야 한다고 이야기했으나 이루어지지 않았다. 아내와 늦둥이가 아침 식사로 전쟁을 치르는 동안 늦둥이는 늘 잠이 들깬 상태에서 밥상머리에 나와 졸았다. 김치는 자기 자리에서 먼 곳으로 물렸고 조금 퍼 준 밥에서 2/3를 덜어내었다. 밥을 먹는 시늉만 했을 뿐이다.

그런데 요즘은 늦둥이가 식탁에 어렵지 않게 등장한다. 여름이가 늦둥이 방으로 들어가서 깨우는 바람에 일찍 일어날 수 있게 되었다. 밥상에서 태도가 변했다. 말수가 많아졌고 눈동자의 초점이 보이기 시작했다. 오늘도 소명이는 여름이가 내는 소리가 처음 우리 집에 왔을 때와는 달리 여러 가지 신기한 소리를 낸다고 이야기하며 흉내까지 내면서 아침 식탁의 활기를 더한다.

이번에 중학교에 들어간 소명이는 웬일인지 저녁 늦게 교복을 손으로 물빨래를 해버렸다. 아마 깨끗하게 입고 갈 욕심에서였을 것이다. 아내는 큰 한숨을 쉬었다. 밤새 동복이 마르지 않기 때문이다. 새벽에 요란한 헤어드라이기 돌아가는 소리가 나서 눈을 떴다. 아내가 늦둥이 교복을 헤어드라이기로 말리고 있었다. 새벽 5시가 조금 넘은 때였다.

아내가 싱크대 옆 서랍 하부에 있는 장을 열자 옆에서 쫄쫄 따라다니던 여름이가 그 틈에 서랍장 속으로 뛰어 들어가 버렸다. 순식간에 일어난 일이었다. 여름이는 민첩하고 유연했다. 그곳은 한번도 청소를 하지 않았기에 바닥은 더럽고 먼지가 많을 뿐 아니라 온갖 잡동사니가 나뒹굴었다. 이번에는 또 다른 아내의 괴성이 들렸다. 이번에는 아내가 비닐봉지에 소명이 교복을 넣고 헤어드라이기로 물기를 말리자 옆에 지켜보고 있던 여름이가 그 비닐봉지 속으로 냉큼 뛰어 들어간 것이다.

여름이는 늘 개구쟁이며 어린아이처럼 호기심이 많다. 새벽에 만날 때 그윽히 내 눈동자를 쳐다보며 입을 맞추던 여름이다. 이 녀석이 앞뒤 보지 않고 뛰고 달리기며 서랍에 들어가거나 방문을 닫는 바람에 문에 끼여 다치는 일도 생긴다. 그럴 때는 아무것도 모르는 영락없는 철부지며 개구쟁이다.

처음에는 화를 내지만 시간이 지나면서 이런 고양이 속성을 알고부터는 자신 스스로가 고양이에게 위험한 상황을 만들지 않기 위해 조심한다. 여름이는 항상 자기와 놀아주기를 원한다. 방안을 뛰어다니기도 하며, 붕붕이 낚시대 끝에 매달린 형형색색의 비닐을 물고 자기 집에 갖다놓기도 한다. 여름이가 밤에 누워 자는 집에는 여름이가 물어다 놓은 잃어버린 화장품과 장신구, 장난감 같은 것들이 놓여있다.

고양이 IQ

새벽 여름이는 나를 만나 두 번이나 두 앞발로 내 머리에다 대고 코를 맞추어 키스를 해주었다. 분명 내 눈을 똑바로 바라본 후 나에게 다가와서 그놈이 한 행동이다. 이럴 땐 기분 좋은 아침이 시작된다. 화장실에 갔을 때, 깜짝 놀랐다.

세면대의 물이 아주 세밀하게 엿가락처럼 늘어져 떨어지듯 그렇게 흘러나오고 있었다. 나는 이것이 여름이의 행동이라는 것을 직감하고 감탄을 했다. 이리되면 물값이라도 아끼기 위해 가족들이 외출할 때 화장실 문을 닫고 다녀야 할지도 모른다.

내가 잠에서 깨어나 방문을 열고 거실로 나서면 저 멀리서 어른 화장실에서 뛰어나오는 여름이를 종종 보곤 한다. 그처럼 화장실 안을 자주 들랑거렸다. 그때마다 발에 물기가 젖어있었다. 고양이는 신선한 물을 좋아하는 모양이다. 물을 아주 조금 미세하게 틀어서 수도꼭지에서 흘러나오는 물을 마신 것은 아닐까. 여름이가 소명이 방문 앞에서 소명이가 문을 열어주지 않으면 문을 두 발로 할퀴는 시늉을 하다가 갑자기 점프를 해서 두 발로 문고리를 아래로 누른 다음 문을 열고 들어간다. 방안에서 잠그지 않으면 문이 열린다.

개가 고양이보다 아이큐가 높다고 이야기하는 사람도 있다. 고양이가 하는 행동 때문에 고양이 아이큐를 80 이상으로 보는 사람도 있다. 아이큐에 대해서는 정답이 없다. 하지만 수도꼭지를 틀고, 점프해서 방문 손잡이를 아래로 내려 문을 열고 들어갈 뿐 아니라, 고양이 밥통 앞으로 가서 입을 대며 밥을 달라고 하거나 몸을 날려 내 손등을 치며 밥을 달라고 신호를 보내는 것을 종종 본다. 어떤 때는 밖으로 나가고 싶다며 베란다 문 앞에서 기다리는 것을 보면 고양이는 꽤나 지능이 높다고 생각할 수밖에 없다.

내 여동생의 딸인 조카는 러시안 블루를 키운다. 그놈은 조카가 자기를 얼마나 사랑하는지 그 깊이를 알 정도라고 하니 왜 고양이 한 마리에 목숨을 거는지 알만하다. 여름이의 행동은 가끔 장난스럽고 어린애 같기도 하지만 때로는 어른스럽다. 아이보리색 털이 몸을 덮었는데 귀와 콧잔등, 눈두덩, 앞발이 초콜릿 색이다. 그 초코색 미간 사이에서 푸르고 동그란 두 눈은 뜨면 지혜가 넘치는 영물로만 보인다. 처음 우리 집에 왔을 때와 비교하면 요즘 여름이가 내는 소리는 갈수록 다양해지고 있어 신기할 따름이다. 여름이의 감성이 어디까지 발전해 갈 것인지 알 수 없을 정도다.

동병상련

　고양이를 키우는 사람들은 누가 고양이를 키운다면 '어, 그래?' 하면서 같은 유대감을 갖는다. 고양이라는 상전을 모시는 자의 피곤함과 어려운 생각이 먼저 들어 서로 위로해 주고 싶은 마음이 들기 때문이다. 똥과 오줌을 처리하고, 간식을 주고, 놀아주고 털을 깎기고, 귀도 파고 발톱도 깎아주어야 한다. 털도 빗기고 목욕도 시킨다. 내가 아프면 돈이 아까워 병원도 못가지만 고양이가 아프다면 때와 상관없이 동물병원으로 달려간다. 그러니 고양이 한 마리 키운다는 일이 얼마나 어렵고 책임감이 따르는 일인가. 여름이를 보면 그 말이 틀리지는 않은 것 같다. 소명이는 여름이에 관해 전속 집사를 자처한다. 평소 여름이 귀도 파주고 눈곱도 파주고 발톱 소제와 목욕을 도맡아 한다. 그러고도 모자라

　- 아빠, 여름이 똥을 치울테니 그대로 두세요

　소명이의 거듭된 요청이다.

- 소명아 똥 치울 때 먼지가 많이 날린다. 조심해서 치워야 해
- 그래서 마스크를 항상 끼고 똥을 치워-요

이 정도의 전문성이면 할 말이 없다. 어린 소명이는 이 일을 즐거워하면서 감당한다. 나이 먹은 꼰대들은 마지못해서 하는데, 여중생인 늦둥이가 저렇게 나오니 젊은 사람들에게 배워야 한다는 말이 틀리지 않는다.

고양이가 이쁘게 자라는 것은 주인의 사랑을 많이 받아서다. 사랑을 받고 자란 생명들은 어딘가 고급스럽고 당당하다. 고양이란 놈은 원래 깔끔한 편이어서 똥을 눌 때도 몸에 묻히지 않게 하기 위해 몸을 세워눈다든지, 시시각각 그루밍을 하며 털을 고르고 이물질을 걸러 내는 등 깔끔을 떤다. 집사가 부지런할수록 고양이는 위생적이며 깨끗하고 이쁘다.

고양이는 집사에게 여러 가지 귀여운 행동과 반응으로 보람을 느끼게 한다. 이처럼 고양이와 집사는 서로에게 좋은 영향을 미친다. 사람은 사람다울 때 사람이다. 자기 원하는 대로 멋대로 이기적으로 행동하면 사람이 아니다. 화목하고 서로 사랑하고 아껴주고 희생하고 그렇게 살아갈 때 사람다운 존재로 완성된다.

쿨한 여름이

신선하고 반가운 아침이다. 어제저녁에는 김치냉장고 문을 열기 위해 뒷 베란다 문을 열자 여름이가 순식간에 달려와 몸을 허공으로 날렸다. 김치냉장고 위에 설치해 놓은 찬장 꼭대기로 들어가 버렸다. 그곳은 먼지 구덩이다. 나는 이런 여름이가 미워 서둘러 일을 보고 식당 쪽 베란다 문을 닫아거실 쪽으로 못 들어오게 했다. 이윽고 여름이는 찬장 아래로 내려와 문을 열어달라고 한참 울어댔으나 한참을 모른 체 해버렸다. 거실에 나온 소명이가 여름이 울음소리를 듣고 문을 열어주자 안으로 뛰어 들어왔다. 더운물로 샤워를 하고 나오니 몸이 더워 앞 베란다 문을 열자 신선한 새벽 찬 공기가 들어왔다. 어디선가 여름이가 귀신같이 달려와 열린 창문으로 새어들어 오는 싱그런 공기를 폭풍 흡입하고 있다. 나는 아까 일로 마음을 풀지 못하고 이번에도 베란다 문을 닫아 버렸다. 이번에도 여름이는 갇힌 앞 베란다 문 앞을 서성이며 문을 열어달라고 끙끙거리며 돌아다녔다. 이번에도 늦둥이가 나타나서 여름이를 번쩍 안아 자기 방으로 데려갔다.

그 이후에 거실에서 여름이를 다시 만났을 때 여름이는 서운한 감정이 남아있던 모양이다. 내 앞을 무심코 지나치며 본체만체다. 달려들지도 않았고 내 주위를 맴돌지도 않았다. 그렇게 한동안 시간이 흘렀다. 여름이에게 좀체 볼 수 없었던 서운함의 표시였다. 눈앞에서 여름이가 사라졌다. 아무 소식이 없자 이번에는 도리어 내가 궁금해지기 시작했다. 여기저기 찾아다녔다. 이때 여름이는 내 방으로 들어와 이불 위에 몸을 틀고 조용히 자고 있었다. 소명이는 여름이 눈이 충혈되었다면서 혹시 감기가 아닐까 하고 걱정을 한다.

눈이 감기고 피곤해서 내 방에 들어가 잠을 잤다. 아침에 일어나 거실로 나갔을 때 기다리고 섰던 여름이는 언제 싸웠느냐는 식으로 나에게 키스를 하고 재롱을 부린다. 어제저녁만 해도 여름이는 나에게 무척 화가 나 있었는데 새날이 되자 모든 것을 잊고 나를 반갑게 맞는다.

사람이라면 분한 마음을 며칠씩 가질 것이나 여름이는 양반이다. 얼마나 대견하고 속이 넓은 놈인지 모른다. 아니, 어쩌면 바보 같은 놈이거나. 하루 사이에 있었던 분노의 감정도 자고 나면 원래대로 리셋되는 단순함을 극치를 보이는 것이 여름이다.

사람은 평생 배운다. 심지어 고양이에게 배울 점이 많다. 나에게도 다른 사람들을 미워하고 섭섭해하던 마음이 하룻밤 자고 나면 저처럼 깨끗이 사라진다면 얼마나 좋을까. 어쩌면 잠은 낮에 있었던 안 좋은 감정들과 기억들을 모두 지우라고 있는 것인지 모른다. 한낱의 고민은 그날 하루로 족하다. 그 감정을 다음 날까지 연장해서 일상을 망치지 않는다면 얼마나 좋을까. 그런 유연하고도 강한 마음을 가지게 해 달라고 기도해 본다. 그런 점에서 여름이는 정말 쿨한 녀석이다. 그래서 늦둥이는 여름이를 저렇게 애지중지하는 것인가.

반성

휴무 날, 아내는 직장으로, 늦둥이는 학교로 가고 집이 텅 비었다. 중문을 열자 여름이가 나와 전실에 세워놓았던 자전거 뒤로 숨었다. 나오라고 해도 나오지 않고 그곳에 웅크리고 꼼짝하지 않는다. 간신히 엉덩이를 한 대 때려주니 36계 도망을 쳐서 거실로 내뺀다. 이번에는 내가 베란다 쪽으로 나가 문을 여는 순간 어디선가 달려와 베란다로 뛰쳐나가 버린다. 베란다에 놓여있는 단지 뚜껑에 올라가다가 그랬는지 아니면 단지 뚜껑을 억지로 열어 보려고 애를 쓰다가 그랬는지 단지 뚜껑이 떨어져 사정없이 부서져 파편이 뒹굴었다. 사고를 쳐도 큰 사고를 친 것이다. 이대로 베란다로 나가면 위험하다. 날카로운 파편에 찔릴 수도 있다. 이럴 때 나는 순간적으로 치밀어 오르는 분을 참지 못한다. 하지만 종종 일어나는 이런 순간에 아내의 반응은 나와 다르다.

- 아이구, 우리 여름이 저 녀석 개구쟁이네

이게 다. 굉장히 여유가 있고 여름이의 반복된 실수가 늘 그럴 수 있다고 전제하며 받아들인다. 아무리 어렵고 곤란한 일이 있어도 화를 내지 않고 모든 것을 그러려니, 이 일은 무슨 의미지? 하는 식으로 돌려 해석하고 넘어간다. 모르긴 몰라도 아마 아내는 나보다 오래 살 것이다. 자기 몸을 보호하는 지혜로운 말과 행동을 하며 사는 것을 보면 말이다.

반려묘는 사람들이 하는 말을 다 알아듣는다고 한다. 여름이는 내가 화가 난 것을 알면 멀리 달아나버린다. 내가 잡지 못할 곳으로 숨어 들어가 화를 더 키운다. 먼지 구석에 들어가거나 잡아내기 어려운 장소나 벽에 세워둔 자전거 바퀴 뒤편으로 숨어 들어가는 식이다. 나는 이럴 때 거실로 못 들어오도록 베란다 문을 닫아 버리고 들어온다. 내가 들어가면 여름이는 나와서 닫힌 창문 앞에서 야옹거리며 시위를 하다가 지치면 하는 수 없이 베란다에 내어놓은 스크래처 위에 올라가 웅크리고 가만히 있다.

한참을 그렇게 두고 안됐다는 생각이 들면 유리를 통해 베란다를 바라보는데 이때 여름이도 두 눈을 똥그랗게 뜨고 나를 보며 야-아-옹 하며 반응한다. 그래도 내가 자기를 염려해서 찾아와 주는 것을 의식하는 모양이다. 여름이는 이어서 발톱으로 스크래처를 뜯는다. 경험상으로 만족할 때 하는 모습이다. 반려묘를 키운다면서 내 마음에 맞지 않으면 벌을 세우고 내 마음만 생각해 온 것 같아 그 점이 늘 미안하다.

부드럽게 여름이 이름을 불러주고 '너 그러면 되겠니? 아빠 마음을 심란하게 하면 되겠니?' 하면서 말을 걸면서 여름이를 위로하자 여름이는 '야-아-옹' 하면서 대답을 한다. 하지만 들어오라는 내 이야기를 듣고도 스크래치 동작을 하면서 '알았어요' 하면서도 정작 들어오지는 않는다. 신경전이다. 들어가기는 하겠지만 지금 당장으로서는 마음이 불편하니 조금 있다가 들어가겠다는 무언의 항의 표시이다. 여름이도 분명 자존심이 있다. 하지만 오래가지는 않는다. 거실로 걸어 들어오면 맛있는 간식도 주고, 붕붕으로 놀아주기도 한다. 우리는 어차피 이렇게 살 수밖에 없는 운명이다.

꼬리언어

얼마 전 아내가 여름이의 꼬리가 이상하다고 놀라워했다. 축 처져있던 꼬리털이 크기가 평소 두 배 정도로 부풀어 올랐기 때문이다. 왜 갑자기 고양이 꼬리가 커지는지 알 수 없었다. 나 역시 그 후에 꼬리가 평소 이상으로 커지고 털이 모두 선 것을 보았지만 유구무언이다. 사진을 찍으려고 하자 사진기를 가져와서 갖다 대자 꼬리의의 털이 죽어 평상 상태가 되어 허사가 되었다.

무서워 꼬리를 내리거나 꼬리를 자기 두 뒷발 사이로 넣는 모습은 아직 보지 못했다. 가끔 내가 쓰다듬어 줄 때 여름이는 꼬리를 옆으로 살랑살랑 흔든다. 아주 자연스럽고 평안한 상태에서 꼬리를 좌우로 흔드는 것이다. 책을 보면 이 경우에는 뭔가 심란한 마음을 표시하거나 생각을 할 때 하는 행동이라고 적혀있다. 하지만 내가 보기에는 기분이 좋거나 우호적일 때 하는 행동처럼 보인다.

그리고 잠을 자고 아침에 일어났을 때 꼬리로 내 몸을 건드리며 지나가는데 그때는 꼬리가 천정을 향해 90도 각도로 뻣뻣하게 올라간다. 내 몸을 꼬리로 건드리고 지나갈 때 꼬리를 쓰다듬어 주면 직각으로 더 뻣뻣하게 세우는 것을 볼 수 있다. 그것 역시 기분이 매우 좋을 때 볼 수 있는 꼬리 언어다.

그런데 쉬는 어느 날 부풀어 오른 꼬리의 의미를 아는 일이 생겼다. 내가 전기밥솥에 저녁밥을 짓고 있었다. 취사가 거의 다 되어 김이 빠지는 요란한 소리가 나자 어디선가 여름이가 놀라서 뛰쳐나와 눈이 동그래졌다. 그러면서 여름이 꼬리에 털이 부풀어 올라서 두꺼워졌다. 김이 빠지는 요란한 소리가 무서운지 내 곁으로 다가와서 꼬리로 내 몸을 건드리며 불안함을 달래려 했다.

진공청소기로 방 청소를 할 때 전기청소기를 향해 달려들려고 하고 스트레스를 받는 모습을 보였다. 고양이는 전기 청소기 돌아가는 소리나 화장실 비데기에서 모터가 작동되며 물이 분사되는 소리, 헤어드라이기 돌아가는 소리에는 눈을 똥그랗게 뜨는데 몹시 신경이 거슬리는 듯 보였다. 하지만 이때에도 곁에 앉히고 전신을 쓰다듬어 주면 많이 진정된다.

고양이에 관한 책을 보면 꼬리의 다양한 모습과 의미를 그림으로 설명하고 있지만, 현실에서 우리가 수긍이 가지 않는 설명도 많다. 고양이와 살아가는 기간이 늘어갈수록 여름이의 다양한 보디랭귀지를 이해하고 배울 수 있다. 사람들 사이에 있어서도 언어로 소통하는 비중은 크지 않다. 더 많은 소통은 몸짓과 태도와 같은 것일 경우가 많은 것처럼 말이다.

캣그라스(Cat Grass)

　지난번에 시간이 있어 잠시 산에 갔더니 누가 잘라놓은 것인지 나뭇가지들이 모여있고 그 잘린 나뭇가지 중에 새순이 올라와 있는 것도 있었다. 그런 가지들을 가져와 꽃병에 꽂아 두었다. 시간이 지나 푸릇한 새순들이 팝콘처럼 나왔는데 여름이가 늘 잎들을 따서 거실 바닥에 떨어뜨렸다. 그리고는 가끔 그것들을 장난감 삼아 차고 던지며 신나게 노는 것을 보았다. 여름이는 풀과 꽃에 관심이 많다. 어쩌면 전 주인은 여름이에게 고양이 풀을 먹였는지 모를 일이다. 우리 집에 와서는 그것들을 구경하지 못하니까 저렇게 하는 것이 아닌가 하는 생각이 들었다. 어제는 나뭇가지에서 나온 새잎 냄새를 맡고 입으로 뜯는 것을 보고 캣닢을 사주고 싶어졌다.

　고양이를 잘 아는 지인이 마트에 가면 고양이 〈캣 그라스〉를 파는데 싸다고 한다. 그걸 사 와서 물을 주면서 기르면 싹이 나오고 고양이가 먹기도 하고 칼로 잘게 쓸어 사료에 넣어 주어도 된다고 했다. 그 말을 들고 귀리 씨앗과 보리 씨앗을 각각 하나씩 사 왔다. 여름이가 먹을 것이라 생각하니 집으로 돌아오는 내내 발걸음이 가볍다. 용기에 배양토(90%)를 넣고 그 위에 귀리와 보리 씨앗을 겹치지 않게 흩뿌리고 다시 배양토(10%)로 그 위를 살짝 덮으라고 되어 있다. 다음에 칙칙이로 종이컵 1컵 분량을 분무하면 된다고 해서 그대로 해보았다. 봄철에는 6∞7일 정도면 싹이 나온다. 적정 발아 온도는 5∞15도면 좋고 하루에 한 번 정도 분무기로 분무해서 배양토가 마르지 않게 하면 된다. 햇볕과 통풍이 잘되면 더 좋다. 밀, 귀리, 보리 씨앗 종류는 발아할 때 그다지 많은 물을 필요 없다.

여름이는 거의 하루에 절반은 혀로 몸 구석구석을 핥아대는 그루밍을 하는 것으로 보낸다. 혓바닥으로 핥아대는데 몸을 유연하게 구부리고 펴서 전신을 청소한다. 발바닥도 닦고 털을 고르면서 몸을 스스로 씻듯이 청소를 한다. 이물질이나 먼지, 털 같은 것이 입으로 들어가고 들어간 털이나 이물질은 응가를 하면서 나오지만 배출되지 않는 것들은 둥글게 뭉쳐져 헤어볼로 위장에 남게 되는데 소화 장애를 일으켜 방바닥에 게우거나 하게 된다. 개나 고양이 같은 짐승이 야채를 먹으면 활성산소가 줄어들며 변비가 없어지고 소화가 촉진된다. 초록색은 안정감을 준다. 푸른 풀은 뜯어 먹으면서 고양이 스트레스도 해소도 된다. 고양이는 보통 귀리 새싹을 잘 먹는다.

귀리와 보리 화분을 집안에 들여놓고 새싹이 올라오기를 학수고대하는 즐거움이 크다. 기상해서 매일 아침 그 아이들이 올라오는 것을 지켜보는 일은 즐거움이다. 귀리나 보리 새싹이 올라오는 것도 신기하다. 여름이를 키우는 정성으로 인해 도리어 풍성해지는 것은 사람의 마음이다. 아마도 우리 어머니, 아버지가 우리를 이런 마음으로 키우지 않았을까.

식빵자세

고양이가 두 다리를 몸 안으로 접어 넣고 미동도 없이 앉아 있는 자세가 마치 식빵처럼 생겼다고 해서 '식빵 자세'라 부른다. 이 자세를 취하면 무슨 위급한 일이 있어도 즉시 일어나 대응할 수 없다. 다시 말해 고양이가 경계심을 풀고 안심하는 심적 상태일 때 가능한 자세다. 하지만 이렇게 앉아 있으면 다른 몸 부위보다 머리 위치가 높아 주위를 둘러볼 수 있다.

여름이는 화장실 앞이나 새벽에 방문 앞에서 사람이 나오기를 기다리며 식빵 자세로 대기한다. 두 발을 품속으로 모으고 골반뼈가 튀어나온 앉아 있는데 정면에서 보면 일자 모습이다. 미동도 하지 않고 대기하고 있는 이 모습을 보고 있으면 여름이로부터 평온함과 무한한 충성심을 느낀다. 가는 곳마다 따라와 집사가 일을 보고 있는 동안 대기하는 이런 자세는 고양이가 얼마나 사람을 그리워하고 따르는 존재인지 알게 해준다. 나는 누구를 위해서 이런 일관되고 충성스러운 헌신의 자세를 보인 일이 없다.

　내가 가족의 안전을 위해 순수하고 사심 없는 자세로 살아가고 있는
지를 돌아보게 만드는 자세다. 정말 고양이는 요물이다. 어떨 때는 사
람을 대하는 자세가 어른스럽고, 양반 같아 사람을 부끄럽게 만들 때가
많다. 도도하고 철부지 바보처럼 행동한다는 고양이의 평소 행동과는
전혀 다른 교양적인 모습이 아닐 수 없다.

치유자 여름이

상담학자 칼로저스(Carl Ransom Rogers)는 사람의 이야기를 들어주는 것이 중요하다고 말한다. 상담이 필요한 자에게 애써서 무엇을 해주려고 노력하기보다는 그냥 상대의 이야기를 들어주기만 해도 문제의 많은 부분이 해결된다는 것이 그가 하는 말의 요지다. 여름이와의 놀이를 할 때도 이와 비슷한 것 아닌가 하는 생각이 든다.

여름이도 나도 우리는 서로가 서로에게 정신적인 문제를 해결해 주는 파트너다. 나는 퇴근하여 꿩의 몸에서 뽑아낸 듯 보이는 깃털 하나를 꺼낸다. 놀이기구 중에서 깃털만큼 여름이의 혼을 사로잡는 것도 없다. 깃털로 여름이의 몸을 내 나름대로 정성껏 쓰다듬어 준다. 정신이 집중되기도 하고 내 행동에 간지러운지 눈동자가 이지러지면서 환장을 하듯 몸을 비틀고 도망을 치는 여름이를 보면서 나는 박장대소를 한다. 이 순간 내 몸에 엔돌핀이 나오는 것을 느낀다.

여름이가 간지러워하는 모습을 보기만 해도 즐겁다. 여름이는 작고 둥근 탁구공 하나만 있어도 혼자 놀이에 빠져 정신이 없다. 부러진 나뭇가지 하나, 머리띠 하나만 있으면 여름이는 이리저리 던지고 발로 차고 물고 하면서 장시간 놀 수 있다. 붕붕이를 소리 내어 흔들면 운동도 되고 여름이가 붕붕이를 잡기 위해 몸을 날려 신기에 가까운 동작으로 점프를 할 때 감탄을 연발한다. 나는 그렇게 여름이와 20∽30분을 놀고 있다.

대화

전철로 퇴근하는 길에 소명이가 전화를 걸어왔다. 여름이가 우리가 집을 비운 동안 무얼 먹었는지 토하고 설사를 했는데 사료 덩어리가 나왔고 힘이 없이 축 늘어져 있다고 했다. 나는 어제저녁 수초를 키우는 화병에 머리를 박고 오래된 물을 마시던 여름이 생각이 났다. 물에 문제가 있음을 직감적으로 알았다.

집에 들어오자마자 입구가 넓은 화분에 물을 따라 없애고 화초를 버렸다. 오래된 고인 물이었다. 내가 필요한 물건을 꺼내기 위해 서랍을 열자 여름이가 따라붙으며 우웽∽, 우웽∽ 하는 소리를 내면서 나를 끈질기게 따라붙는다. 간식을 달라는 강력한 항의의 언어다. 물론 나는 배탈 난 여름이에게 아무것도 주지 않는다. 여름이에게는 끓인 물을 식혀서 주는데 여름이는 끓이지 않은 신선한 물을 원한다. 수돗물도 정수가 되고 소독이 되어 공급되는 것이므로 앞으로는 수돗물을 먹이는 것으로 아내와 합의를 보았다.

여름이는 자기 집에서 두 다리를 길게 뻗고 누워서 나를 올려다보고 있었다. 나는 여름이를 위해 계속해서 혼잣말로 충고를 해주었다.

　- 여름아, 너는 물을 함부로 먹어서 탈이 났으니까 아무 물이나 함부로 먹어서는 안 돼!

여름이는 나를 보면서 귀를 쫑긋거리며 내 말을 경청하는 태도를 보였다. 순간 나는 대화의 가능성이 우리 둘 사이에 이어지고 있다는 것을 느낀다. 내가 뭐라고 할 때마다 동공이 커지고 귀가 세워지는 걸 보면 분명 내 말이 귓가에 들어가는 것 같다.

　- 여름아, 이제는 내 말 알아들었어?

나는 이렇게 여름이를 향해 큰 소리로 이야기하며 타이르는 일을 마무리 지었다. 근데 놀랍게도 가만히 듣고 있던 여름이가 나를 향해 '웽ㅇ'하고 입을 벌려 이빨이 다 드러나도록 답변하는 것이 아닌가! 나는 이 모습이 분명히 내 이야기에 대한 여름이의 응답으로 들려 말없이 여름이의 머리를 쓰다듬어 주었다. 어쩌면 앞으로 여름이와 더 깊은 감성의 교류를 경험하게 될지도 모른다.

호들갑을 떠는 여름이

여름이의 특징이나 성격을 한마디로 말할 수 없다. 아내에게 여름이 하면 생각나는 것이 무엇이냐고 물으니까 사람이 많으면 좋아서 방방 거리며 이곳저곳을 뛰어다니는 것이라 했다. 아내 이야기로는 식구들 이 무사히 집에 다 돌아왔으니까 여름이도 좋아서 그러는 것이라는 말 에 나는 헛웃음이 나왔다. 하지만 그 말은 사실이다. 아내와 내가 일을 마치고 저녁에 집에 들어가면 마중을 나온다. 배를 보이면서 바닥에 몸 을 누이고 애무를 해 달라고 한다. 거실에 들어와서는 몸을 늘려 기지 개를 켜고 기둥형 스크래처에 몸을 세워 늘어뜨린 후 두 발로 스크래치 를 한다.

이내 주방 베란다 쪽 열린 문으로 뛰어갔다가 몸을 돌려 거실 소파 로, 다시 앞 베란다 열린 문을 향해 '우∞다다닥' 내달린다. 여름이는 그렇게 기분 좋음을 표현한다. 집 나간 식구들이 다 들어와서 자기 기 분이 썩 좋다는 말이다. 뛰어서 천장 위, 냉장고 위, 책장 위, 장롱 위

등 집안 높은 곳으로 올라가 아래를 내려다본다. 캣 타워가 없어서 그런지도 모르겠다. 여름이는 건강한 것이 틀림없어 보인다.

여름이의 호들갑을 보면 나는 돌아가신 어머니 생각이 난다. 살아생전에는 장군처럼 활력이 있으시던 어머니는 아버지가 돌아가시고 자식들이 하나둘씩 장성해서 분가하자 고향에 혼자서 사셨다. 어머니는 당신이 사시는 시골집에 자식이 모이든지 제사 때 형님 집에 모이면 그렇게 흐뭇해하셨다. 자식, 며느리 딸과 사위들이 손주들이 모일 때면 좋아서 입꼬리가 올라가셨다. 그렇게 사는 재미를 느끼는 모습이 역력했다. 여름이 역시 우리 가족을 자기 반려로 여겨 저렇게 반갑고 기쁜 것이리라. 고양이의 행동에서 어머니의 모습을 본다. 여름이는 그리운 사람을 생각나게 하고 그 사람과 지지고 볶으며 살았던 아름다운 시절을 반추하게 하는 고마운 존재다.

큰딸 소희의 전화

소희가 친정에 와서 여름이를 부러워하고 자기 집에 데리고 가서 키우겠다고 농담을 할 때 마다 간담이 서늘 해하는 아이는 소명이다. 늦둥이는 이 말이 농담으로 들리지 않았던 모양이다. 언젠가는 언니가 여름이를 데리고 갈 것이 신경이 쓰였던 모양이다. 소명이는 가끔 나에게 협박을 하곤 했다.

- 언니가 고양이를 데리고 가면 나는 밥도 먹지 않고 죽을 거야

소명이는 친정집으로 오는 자기 언니의 발걸음을 경계했었다. 소명이는 자기 언니가 며칠 데려다 키우겠다는 부탁을 이번에도 거절했다. 그래서 소희는 포기하고 말았다.

그러던 중 소희는 오늘 가족 카톡방에 뜬금없는 소식 하나를 올렸다.

- 아빠, 우리도 이제 고양이 키운다!

카톡에 키우는 고양이 사진을 올렸는데 아주 작은 두 달 된 아기 고양이인 '아깽이' 였다. 종류는 킬트라고 했는데 귀가 접히고 다리가 짧은 고양이의 여러 모습을 찍은 사진들이 카톡에 올라와 있었다. 이상하게 생겨 종류를 묻자 '스코티쉬킬트 먼치킨' 이라 했다. 큰딸 소희에게 고양이를 산 가격을 묻자 엄마가 알면 난리 난다면서 산 가격을 말하지 않고 그저 웃기만 했다.

인터넷을 찾아보니 '스코티쉬킬트 먼치킨'은 귀가 접힌 '스코티쉬폴드' 고양이와 숏다리를 가진 '먼치킨'이라는 고양이가 교배해서 나온 고양이를 합성해서 나온 이름이었다. 말하자면 스코티쉬폴드는 스코틀랜드 고양이의 돌연변이종으로 귀가 접힌 고양이였다. 그런데 이 변종은 인위적으로 만든 종자여서 유전병 등에 취약하다고 한다. 이 고양이는 '스코티쉬폴드'의 성격을 많이 가졌는데 비교적 성격이 좋고 사람을 잘 따라 '개냥이'라고 부르곤 한단다. 큰딸은 '토리'라고 불렀다. 생긴 것을 보니 얼굴이 동그랗고 귀가 접히고 다리가 짧은 것이 보자마자 우스꽝스러워 웃음이 나왔다.

평소 나는 들국화를 좋아한다. 들에서 비, 바람을 맞고 자라서 향기가 진하고, 강인한 생명력을 가진 꽃이기 때문이다. 온실에서 곱게 자란 꽃에서는 도무지 느낄 수 없는 매력이 있다. 이 고양이 종류는 유전병으로 인해 자주 고생을 하는 경우도 생긴다고 했다. 나는 토리가 딸내외가 직장에 나간 후에 혼자 집에 남게 되면 자주 병치레라도 하지 않을지 은근히 염려부터 앞섰다.

여름이가 들국화라면 토리는 온실의 꽃이었다. 사랑을 주며 잘 키우기만 한다면 토리도 강인하게 자랄 수 있을지도 모른다. 아프기라도 하면 언젠가는 우리 집에서 요양을 해야 할 일이 생길지도 모른다. 여름이는 강하다. 얼마 있지 않아 친정에 토리를 자랑하기 위해 데려올 것이 분명한데 여름이가 토리를 아껴줄 것인가가 궁금하다. 직장을 다니는 큰딸은 퇴근하면 토리를 보고 싶어 빨리 집으로 달려간다고 했다. 그건 나도 그랬다. 고양이는 삶에 활력을 주기 때문에 아무튼 축하한다는 말을 전해 주었다.

큰딸의 이야기가 재미있다. 고양이를 키워야겠다고 생각하고 토리를 입양하기까지 누우나 서나 고양이 생각이 나서 힘들었다고 했다. 여러 번 고양이 파는 가게에 고양이를 보러 다녔으나 마음에 들지 않아 고심에 고심을 하던 차에 토리를 만났고 한눈에 반해서 데려올 수밖에 없었다고 한다. 누구나 맨징신으로는 고양이를 데려올 수 없다. 고양이와의 인연은 불쌍해서 데려올 수밖에 없었거나 너무 귀엽고 사랑스러워 데려올 수밖에 없었다거나 하는, 다 불가피한 상황에서 이루어진다.

고양이가 따르는 자

잠자리에서 일어나거나 퇴근할 때 여름이는 '야아아아옹' 하며 기괴한 소리를 내며 내 곁을 졸졸 따라다니거나 내가 보는 앞에서 높은 곳으로 뛰어 올라가 나를 내려다본다. 내 관심을 끌기 위해서 그런 행동을 하는 것 같다. 하지만 여름이는 늦둥이와는 주로 싸움을 한다. 손이나 발을 내밀면 물어뜯는 시늉을 하면서 싸우지만, 나에게는 그런 행동을 하지 않고 졸졸 따르며 얼굴이나 꼬리를 내 몸에 문지르거나 스친다.

늦둥이는 이처럼 여름이의 불평등한 처사에 대해 불평한다. 아빠만 따르고 자기는 어려서 그런지 만만하게 보고 싸우려 든다는 것이다. 고양이는 사회성과 정치적 감각이 뛰어난 것으로 알려져 있다. 집안에서 누가 리더인지를 파악한 다음 리더에게 관심을 받고 싶어 한다는 것이다. 그렇다면 나는 과연 집의 리더인가? 그렇다면 여름이는 나의 어떤 행동을 보고 그러는가? 남자라서? 힘이 세기 때문에? 밥과 물을 주고 화장실 청소를 해서 그런가? 아무튼 일관성 있게 자신을 대해주는 아내 대신 왜 변덕스럽고 못난 나를 따르는가? 그것이 정말 궁금하다.

콘테시나 - 교황이 사랑한 고양이

고양이를 끔찍이 아낀 교황이 있다. 제265대 교황으로 베네딕토 16세다. 그는 젊은 사제시절부터 고양이를 좋아했다. 은퇴 후에도 고양이에 관한 책을 쓰고 고양이와 노는 시간을 많이 가지려고 했지만, 교황으로 선출되는 바람에 이 조그마한 기쁨을 누리지 못했다. 2005년부터 2013년 2월 27일까지 교황직을 수행한 베네딕토 16세는 고령 및 건강상의 이유로 자진 사임을 선언했다. 종신직인 교황이 생전(生前)에 사임하는 사례는 중세시대 1294년 첼레스티노 5세의 사임 이후 처음 있는 일이었다.

베네딕토 16세는 퇴임과 함께 '명예 교황'(Emeritus Pope)에 추대되었다. 학자 출신인 베네딕토 16세는 2005년 교황에 선출되기 이전 자신의 아파트에 약 2만 권의 책을 소장하고 있었을 만큼 다독가로 알려져 있다. 피아노 연주와 흑백 코미디 영화관람을 좋아했다. 교황청에서 교황과 함께 지낸 것은 '콘테시나'라는 이름을 가진 고양이다. '콘테시나'는 주인을 따라 마더 에클레시아 수도원으로 함께 이사했다. 그의 고양이 사랑은 BBC에서 여러 번 방영되었을 정도다. 그의 은퇴는 고양이와 함께 생활하며 고양이 책을 집필하기 위해서라는 소문이 무성했다.

  사람들은 교황이나 되는 사람이 고양이를 뭐하러 그렇게 좋아하느냐고 반문할지 모른다. 하지만 고양이와 인연을 맺은 사람이라면 고양이는 그만큼 사랑할 충분한 가치가 있는 생명이라는 것을 안다. 사람은 변하지만, 고양이는 변하지 않는다. 늘 일관된 자세로 감정을 표시한다. 안 좋은 사이가 있더라도 삐치는 것이 아니라 계속 관심을 가져달라고 애교를 부린다. 일관성! 이것은 성인에게서 볼 수 있는 성품이다. 하지만 인간은 흔들리는 갈대다. 일관성과 같은 그런 품성이 없다. 미물에게서 이런 속성을 발견하면 좋아하지 않을 수 없다. 고양이는 피조물의 한계를 알게 하고 그것을 넘어서게 만드는 생명임에 틀림없다. 이런 연유로 교황이 고양이를 좋아하는 것은 아닐까

귀엽고 귀여운 놈

　직장에서 퇴근한 아내는 시장을 보면서 방과 후 집에 혼자 있을 소명이가 염려되어 집으로 전화를 했다. 소명이는 엄마의 전화를 받자 집 전화를 스피커폰으로 바꾸어 여름이도 함께 들을 수 있도록 했다. 그때 옆에 있던 여름이가 아내의 목소리가 전화기 스피커를 통해 나오자 아내의 목소리를 알아듣고 기뻐서 배를 보이며 훌러덩 그 자리에서 누워 몸을 굴린 모양이다. 이 광경을 지켜보던 소명이가 신기해하는 탄성 소리가 수화기를 통해 흘러나왔다.

　영물이다. 전화기를 통해 들려오는 아내의 목소리를 듣고 반가워 몸을 벌러덩 누어버렸으니 말이다. 요즘 새벽 5시에 핸드폰 알람이 울리면 여름이가 우리 부부 방 앞에 와서 기상하라며 "야아옹∞" 하고 문을 열어 줄 때까지 반복해서 소리를 낸다. 최근에는 문을 열어주는 일을 지체하면 여름이는 자기 몸을 문에 격렬하게 부딪혀 문을 열라고 으름상을 놓는다. 밖에서는 여름이가 문짝에 머리를 부딪는 것인지, 달려와 몸을 문짝을 향해 날리는 것인지는 모르나 들썩거리며 요란한 소리가 난다. 방안에서 누워 여름이가 다치는 일이 염려되어 어쩔 수 없이 일어나 문을 열어주면 그 자리에서 배를 뒤집고 벌러덩 누워 큰 눈으로 나를 올려다본다. 눈에는 집사의 사랑을 갈구하는 흰자위가 많은 눈동자다. 매일 새벽 짐승과의 애틋한 만남이 어떨 때는 안쓰럽기까지 하다. 생명을 안다는 것은 가벼운 일이 아니다. 아아, 나는 아침마다 여름이와 사랑에 젖는다.

나는 감탄한다

여름이는 언제나 사랑받을 준비가 되어 있다. 내가 가는 곳마다 따라 다닌다. 요즘 더워 잠에서 깨어 화장실이라도 가려면 여름이가 피아노 위에서 자다가 뛰어 내려와 나를 졸졸 따라 거실로 나온다. 지치지도 않는지 만나서 반갑다며 목에서는 평상시 새벽처럼 '고골송'을 부른다. 어찌 보면 경탄스럽다. 고골송은 마치 끊임없는 헌신과 사랑으로 밀려 오는 파도 같다.

여름이는 성격도 좋다. 가끔 먹으려 떠놓은 냉수를 맛보는 등 짓궂은 장난을 쳐 가족들로부터 혼이 나기도 하지만 조금 지나면 언제 그런 일 이 있었느냐는 친근하게 다가온다. 사정과 형편에 따라 시시각각으로 변하는 못난 내 마음을 바라보면 여름이만도 못하다. 내가 여름이 처럼 누군가에게 일관된 헌신과 사랑으로 다가섰다면 인간관계의 어려움은 없었을 것이다. 동물에게도 배운다. 죽을 때까지 배워야 하는 것이 인 간이다. 배우는 한 인간은 발진한다.

: 어제처럼 오늘도 일상이 묘수

여름이는 안다

가을로 건너오면서 우리는 더 가까워졌다. 여름이는 안다. 내가 저를 사랑하는지를. 우리가 얼마나 자신을 필요로 하는지를 알고 있다. 우리도 그렇지만 특히 늦둥이는 여름이 없으면 못산다. 푸른 잎이 단풍으로 물들어 우리 마음을 사로잡듯이 어느새 여름이는 우리 마음속으로 들어와 물들었다. 바라볼수록 한없이 착하고 사랑스럽다. 여름이도 아는지 코를 맞추면 눈을 감고 내 코를 받아들인다. 차원이 다른 색다른 교감이다. 서로에게 위로다.

나는 이걸 배운다

나에게서 너에게로

검정이

우리 집의 화제는 검정고양이를 둘째로 입양할지 말지 하는 문제다. 고양이를 키운다고 하니 고양이를 키우는 지인들이 둘째를 입양하라는 요구가 많아졌다. 먼저 발단은 아내 쪽에서 생겼다. 아내의 지인이 자기가 잘 다니는 시장 안에 있는 어느 생선가게 천장에서 떨어진 고양이 새끼를 입양하라고 하는데 어떡해야 하는지 고민을 했다. 아내는 그분으로부터 마유 영양 크림을 뇌물로 받아온 일로 한동안 고생을 겪었다. 뇌물을 받고 평소 깊은 친분이 있음에도 그 고양이는 우리 집으로 오지 못했다.

그런 일이 있은 지 얼마 되지 않아 이번에는 고양이를 다섯 마리나 키우는 내가 아는 누님으로부터 같은 부탁이 왔다. 누님은 초저녁에 집을 나서 밤늦은 10시에서 11시까지 23군데 고양이 밥셔틀을 하고 있다. 이번에는 검정고양이 새끼를 둘째로 키우라고 했다.

나는 아내와 늦둥이에게 사정을 이야기했고 늦둥이 반응은 검정이는 정말 좋을 것이라고 데려다 키우자고 성화였다. 하지만 아내는 놀라서 긴장하고 있었다. 내가 아내 눈치를 살피면서 검정이를 데려오게 하면 앞으로 집안 빨래를 다 해주겠다고 했으나 아내는 요지부동이었다. 저녁에 아내는 검정이 데리고 오면 안 된다고 재차 주의를 준다. 아침에 집을 나설 때도 검정이 데리고 올 생각을 말라고 엄포를 놓는다. 아내의 이야기는 과거나 지금이나 일관성이 있다. 아내는 내가 여름이를 데리고 와서 어쩔 수 없이 키우게 된 것이지 애초부터 고양이는 키울 생각이 없었다. 그렇게 내가 아내와 상의도 없이 어느 날 갑자기 여름이를 집으로 데려왔다.

　사람은 감성의 동물이다. 수년 전부터 늦둥이가 나에게 고양이를 키우겠다고 허락을 받으러 왔을 때 거절하던 나였다. 고양이를 기르면 털이 날리고, 피부에 알레르기가 생기고, 집 안에 있는 가구가 헤어지고 집안에 고양이 오줌 냄새가 나고, 여러 해를 이성적으로 생각해서 거절했다 하지만 어느 날 한순간에 고양이를 집으로 데리고 들어 온 것은 바로 '나'였다. 늘 내가 사고를 치는 것을 보고 아내는 나를 물가에 내어놓은 어린아이처럼 불안한 시선으로 보며 살았다. 아내는 이번에도 검정이를 데려오면 여름이마저 쫓아내겠다고 한다. 오늘 출근길에도 아내는 주문을 외어댔다. 나는 이미 검정고양이를 받기로 약속을 해버렸다고 거짓말을 하고 문을 열고 나섰다. 내 머리 뒤로 아내의 말이 비수처럼 날아와 꽂힌다.

-허튼 짓 하지마!

또 다른 새벽

배가 나오는 것은 야식이 문제다. 회사 마치고 돌아오면 저녁을 먹고 자기 전에 한 끼를 더 먹는다. 어제저녁에는 억지로 참고 잠을 청한 탓인지 깨어보니 몸이 가볍고 정신이 맑았다. 오늘 새벽 기상한 시간은 평소보다 한 시간이나 빠른 새벽 4시였다. 혹 여름이가 자는 모양을 볼 수 있으려니 하고 살짝 거실로 나왔다. 이를 알아차린 여름이는 어디선가 쏜살같이 달려와 문 앞에 와서 벌러덩 드러누웠다. 드러눕거나 말거나 방을 나와 거실 한가운데 양반다리로 정좌한 채 여름이를 불렀더니 문 앞에서 그대로 누운 채 내가 자기 이름을 부를 때마다 몸을 뒤척이며 어서 와서 만져주어야 한다는 시늉을 했다. 나도 지지 않고 계속 여름이를 향해 이름을 부르며 내 쪽으로 오라고 했다. 여름이는 한참을 그러더니 하는 수 없이 일어나 내 곁으로 다가왔다.

오늘 새벽에는 평소 날과는 인사하는 법이 조금 달랐다. 내 등을 스크래치 포스트 삼아 평소보다 2배 정도 길게 6∽7초 정도 스크래치하며 애무를 했기 때문이다. 놀라운 것은 뒤에서 올라타 고양이 두 앞발로 내 목을 감싸 안고 머리통에 키스를 해준 것이다! 나는 신기하고 놀랐다. 지금까지는 내 정면과 옆에서 두 발로 머리를 잡고 입맞춤을 해주었지만, 오늘은 뒤에서 나의 목을 두 발로 감싸고 입을 맞춘 것인데 이런 경우는 처음이다. 마치 집안에서 사랑하는 아내를 남편이 뒤에 가서 두 팔로 자기 아내를 안아주는 식이랄까. 여름이의 오늘 새로운 인사법이 너무 신기하다.

여름이는 아마 어제 큰딸이 데리고 온 토리가 긴장을 주고 간 뒤여서 그런지 아니면 평소보다 더 이른 시간에 만나 더 반가웠던지는 모른다. 아무튼, 그날 여름이의 사랑표현법은 더욱 진해졌다. 여름이의 새벽 인사법이 조금씩 달라지는 것이 신기하다. 분명 여름이는 나와 진한 감정의 교류를 느끼고 있는 것이 틀림없다. 냉장고에 넣어 두었던 간식을 꺼내 주고 싶다는 생각이 들 정도였다. 대신 맛있는 밥과 화장실 청소를 해주었고 이제 날이 많이 더워 냄새도 나고 해서 거실에 있던 여름이 화장실을 베란다로 옮겨 놓았다. 또 방안에 모래가 자주 굴러다녀 추위가 가시면 베란다로 화장실을 옮기려 생각했는데 그동안 날이 추워 마음만 먹고 있었다. 화장실을 옮기면서 혹시 실내 화단에 다시 실례하면 어쩔까 하는 염려를 했지만 그건 기우였다. 화장실을 열어보니 맛 동산과 감자들이 수북이 들어있었다. 화장실을 치워주고 물을 새로 받아 놓고 밥을 주고 그 위에 키우던 귀리 싹을 2mm 크기로 잘라 밥 위에 뿌려 주었다. 여름이는 밥을 맛있게 먹고 있다.

익숙하다는 것

여름이의 인사법이 변하고 있다. 새벽에 만날 때마다 두 발로 머리를 잡고 뽀뽀를 하는 것이 차츰 줄어든다. 대신 내 등을 스크래쳐 삼아 종종 긁어주고 몸을 뒤집어 벌렁 누운 채로 나를 올려다보며 자기를 만져 달라는 요구가 늘어났다. 우리 가족은 여름이의 그 모습을 보고 신기해 모두 웃는다. 말하자면 우리를 즐겁게 하는 것 보다, 자기를 더 즐겁게 해 달라는 식이다. 처음 우리 집에 왔을 때는 가족의 사랑을 받지 못할까, 우려했는지 가족을 즐겁게 해주려고 무던히 애교를 떨었다. 하지만 이제 여름이는 우리 집에 없어서는 안 될 소중한 존재가 되었다. 그것을 알아차린 이놈이 이제는 자기를 즐겁게 해달라면서 반대로 애교를 피운다.

반면 걱정도 된다. 우리가 처음 만나던 때의 그 신비롭고 신기한 동작들이 점차 사라지고 인사도 안 하고 지낸다면 어찌 될지. 선배 집사들로부터 날이 갈수록 키우는 고양이 애교가 줄어든다는 말을 많이 들었기 때문이다. 앞으로 상당한 시간이 지나면 새벽에 만나도 벌렁 누워 자기를 만져 달라고만 하지 나에게 달려들어 집사를 즐겁게 하는 노력은 안 할지도 모른다. 그게 아니면 그냥 눈인사로 '안녕'하고 여름이가 내 앞을 그냥 스쳐 지나갈지도. 이처럼 익숙해진다는 것은 장단점이 있다.

오늘이 아내와 결혼 33주년이다. 너무 바쁘게 살다 보니 정작 중요한 날은 잊으며 산다. 나 역시 여름이처럼 아내에게 애틋한 마음을 전하던 33년 전의 새신랑의 내 모습은 사라지고 이제 눈인사 정도만 하고 결혼기념일을 넘기고 살지도 모른다. 아내가 오늘이 결혼 33주년이라고 말해주었다. 나 역시 핸드폰 일정표에 적어 놓았지만, 어제 바쁘게 이리저리 다니다 보니 그걸 잊고 있었다. 내 가족, 지인, 스승, 친구에게 익숙해졌다고 해서 그들에게 마땅히 표시해야 할 감사나 사랑의 마음을 잊고 사는 것이 아닌가를 생각해 보게 되는 아침이다.

염려

큰딸 소희에게서 카톡이 왔다. 앞으로 부업으로 캣폴이나 캣타워를 만드는 일을 하면 어떠냐고 물으면서 아는 목재 회사 없느냐고 했다. 왜 그 일을 해야 하는지 묻자 켓타워는 집사들이 사고 싶어도 가격이 너무 비싸다는 이야기였다. 그래서 좋은 캣폴이나 캣타워를 만들어 합리적인 가격에 유통하겠다는 생각이었다. 나는 지금 다니고 있는 직장에 소홀할지도 모른다는 생각과 함께 섣불리 사업을 한다고 덤벼들기보다 그쪽 분야에 대해 시간을 갖고 공부를 해보기를 권유했다.

소희는 중소기업 제품을 전시·소개하는 일을 하고 있었다. 구체적으로는 코엑스나 킨텍스 같은 곳에서 국내 강소기업 제품을 국내외에 알리는 전시업무다. 가끔 로스앤젤레스나 도쿄에서 열리는 전시회에 국내 강소기업을 발굴해 그들의 제품을 출품시킨다. 그래서 사업을 벌이기 전에 먼저 회사에서 고양이 산업과 관련한 전시를 기획해 보는 것이 어떤지, 이야기 해주었다. 그렇게 되면 고양이 제품, 인맥, 시장을 읽을 수 있을 것이다.

소희는 두 번째 고양이를 키우고 싶다면서 앞서 산 고양이와는 같은 품종이지만 색깔이 다른 색의 고양이 사진을 보내왔다. 그 고양이는 귀가 완전히 접히고 입이 뭉그러지고 앞발이 뭉툭해 개로 치자면 불독 같은 모습이었다. 고양이가 개처럼 생겨 웃음이 나왔다.

소희는 고양이에 집착하고 있다. 일상이 너무 그쪽으로 기우는 것이 아닌가 하여 염려가 된다. 고양이를 귀여워하는 것에서 시작해서 용품 사업을 하려고 한다. 하지만 그것이 어떤 결과를 낳을지는 아무도 모른다. 그래서 무턱대고 반대할 수도 없다. 분명한 것은 사람은 자기가 해보고 싶은 것을 해보고 사는 것이 중요하다. 그래서 아빠인 나로서는 멀리서 지켜보면서 기도할 수밖에. 인간이 아무리 이런저런 생각을 하면서 일을 궁리한다고 해도 그 일을 이루는 것은 신의 영역이다.

연민

봄이 지나고 여름이 찾아오면서 집에 있는 여름이가 많이 지친 듯 보인다. 축 늘어져서 바람이 잘 드는 곳이나 타일 바닥에 엎드려 지내는 시간이 많다. 우리 집에는 원래 에어컨이 없다. 20층 꼭대기 층이고 층고가 3.4m나 되어 시원하다. 하지만 요즘 같은 한여름에는 덥다. 아파트에서 우리 라인 20채 중 에어컨이 없는 집은 4층과 20층 우리 집뿐이다. 늦둥이 소명이는 올해는 꼭 에어컨을 사야 한다며 벼른다. 소명이도 문제고 여름이도 문제다. 그래서 올여름 어떻게 해야 할지 고민이다. 베란다 문이나 창문을 열어 놓으면 신선한 바깥 공기를 맡으려고 코를 벌렁거리며 창가에 다가서서 공기를 마음껏 마시는 여름이다.

요즘 털이 잘 빠지는 것이 문제다. 소명이가 여름이 털이 푸석거리고 잘 빠져서 먹이를 바꾸어야 하는 것이 아니냐고 물었다. 생선이 많이 들어간 사료를 먹으면 털이 윤기가 나고 잘 안 빠진다는 이야기를 들은 적이 있었다. 어제저녁에는 여름이가 문밖에 엎드려 샤워하는 것을 구경하기에 날이 더우니까 여름이도 샤워를 하고 싶어 하는 것 같아 목욕을 시켜주었다. 여름이는 소리 내지 않고 우리한테 몸을 맡기고 가만히 있다. 대견하기도 하고 신기하기도 하다. 그러나 목욕 후 털을 말리는 것은 쉽지 않다. 대충 수건으로 물기를 말려주고 나자 나머지는 스스로 그루밍을 해서 말린다.

　고양이 혓바닥은 이태리 타올처럼 거칠다. 그 혓바닥으로 모든 것을 빗질하여 말리는 것이다. 한시도 쉴 틈이 없이 부지런히 그루밍을 하다가 돌아왔는데 물기가 다 말라 있었다. 여름이의 애교가 더 늘어나는 중이다. 자기가 조금 불리해지는 상황이 와서 상대의 선처를 바랄 때나 아니면 오래 만나지 못하다가 만나서 반가울 때면 몸을 누이고 배를 보인 채 동그란 눈으로 사람들이 어찌하는지를 살피면서 올려다본다. 그 모습에 몸을 숙여 애무해 주고 귀여워 해준다.

사랑은 계산을 하지 않는다

여름이 털이 빠져 고민을 했었는데 이번에 청소 때문에 애를 먹는 아내를 위로할 겸 털 빠지는 대책을 세우기로 했다. 털 빠지는 것을 방지해 주는 영양제 한 달 치를 사고, 장갑으로 털을 빗질할 수 있는 털 다듬는 펫 장갑 두 개도 주문했다. 그리고 고양이 털 깎는 미용 기계도 샀다. 손쉬운 털 날림 방지 요령은 매일 빼먹지 않고 빗질을 해주는 것이다.

영양제 하나 먹지 않던 내가 고양이 영양제를 구입했다는 것은 여름이에 대한 우리 가족의 사랑과 관심을 잘 보여준다. 물건들이 오면 먹이고 깎아주고 장갑으로 쓰다듬고 매일 빗질을 해주면 어느 정도 털이 해결될 수 있을 것 같다. 순진하고 철없는 고양이를 보면 모성애나 부성애 같은 것이 발동하는 것은 왜일까? 아무튼 고양이를 싫어하던 사람이라도 일단 고양이와 함께 생활하다 보면 마음이 바뀐다.

고양이를 기르기 위해서는 아이 기르는 것처럼 사랑과 희생이 필요하다. 생명체에 대한 이타적인 헌신이 절로 생기는 것은 고양이가 연약한 생명이기 때문이다. 고양이는 강해 보이지만 얼마나 사람을 그리워하고 겁이 많은지 그 내막을 알면 웃음이 절로 나올 정도다. 이처럼 한 생명을 사랑하게 되면 거룩한 소비가 따른다. 사랑은 계산을 하지 않으니까.

또 다른 멘토

나는 여름이를 키우면서 느낀다. 어떤 때는 사람인 내가 짐승인 여름이보다 못하다고 생각할 때가 많다. 나는 아직 불태워 없어져야 할 허망한 것들을 많이 달고 산다. 알량한 생각을 입으로 발설하는가 하면 신뢰 없는 행동들로 내 삶이 온통 분주하다. 남으로부터 잘 보이기 위한 처신을 할 때는 얼마나 많은가. 그럴 때는 내가 밉다. 나는 왜 심지가 굳은 처신을 하지 못하는가, 내 인격이 이것밖에 되지 않는가, 나는 결국 실력 없이 요란한 소리만 내는 깡통이 아닌가 하는 자책감에 괴로워한다. 물론 사람은 죽을 때까지 완성되어 가는 존재이기에 대수로운 일이 아니지만.

세상에는 비록 나이가 어려도 사람의 심지가 선하고 곧아 허튼 수작을 하지 않는 사람도 많다. 고양이는 개처럼 자기 간을 다 내어 주며 요란을 떨고, 주인에게 잘 보이기 위해 안달하지 않는다. 고양이는 신중하고도 진중하다. 내가 불러도 별 관심 없이 어슬렁거리며 자기가 해야 할 일을 한다. 어떻게 보면 속이 꽉 차고 어리석은 행동을 하지 않는 점 잖은 신사 같다.

고양이를 열심히 불러대며 오라고 소리를 지르는 나를 볼 때는 여름이의 하수인이 된 느낌이 들기도 한다. 그럴 때면 '이 괘씸한 놈!' 하고 빈정대기도 하지만 아침에 일어나 처음 대면을 할 때는 수고하는 집사에 대한 그의 사랑이 얼마나 진하고 깊은 것인지 발견하고 새삼 놀란다. 아아, 고양이처럼 살고 싶다, 고양이처럼 사랑하고 싶다. 누군가를 그렇게 사랑하고 싶다.

삐졌다

여름이 털이 빠져 걱정이 되어 지난번 두부에서 추출한 물질로 만든 영양제를 한 통 샀다. 분홍빛을 머금은 미세 알갱이들이 한 통 가득 들어있다. 맛이 없는지 영양제를 밥 위에 뿌려 놓으면 얌체같이 밥만 골라 먹었다. 한 달만 먹으면 털이 윤기가 나고 덜 빠지며, 면역력도 생기는 등 확실히 나아진다고 하는데 여름이가 도무지 먹으려 들지 않아 걱정이다. 아침에 일어나 밥을 달라고 징징대기에 밥을 주었더니 코를 박고 허겁지겁 밥을 먹었다. 걱정이 되어 먹고 있는 밥 위에 영양제를 티스푼으로 한 스푼 떠서 뿌렸더니 여름이가 시큰둥해져 밥을 먹다 말고 어디론가 가버렸다. 나중에 보니 냉장고 위로 올라가 고개를 돌리고 심란하게 누워있었다. 도무지 불러도 고개를 반대편으로 돌린 채 한참을 그대로 있었다. 밥을 잘 먹고 있는데 냄새도 맡기 싫은 약을 뿌려 입맛을 버렸다며 삐친 것이다.

영양제를 먹이는 일은 지혜가 필요하다. 여름이는 먹기 싫어하고 나는 먹여야 하겠고, 그래서 서로가 고민이고 심란하다. 여름이는 식성이 좋아 내가 주는 음식을 한 번도 거절한 적이 없었다. 고양이는 안 먹는 간식도 있다고 하는데 종류를 불문하고 어떤 간식이든 잘 먹었다. 그런데 유독 콩에서 추출한 영양분은 섭취하지 않는다. 코를 냄새를 맡아보니 별 특이한 냄새가 나는 것도 아닌데 여름이는 무슨 이유인지 귀신처럼 영양제만 쏙 빼놓고 사료만 먹는다. 늦둥이도 여름이 밥을 줄 때 영양제와 밥에 물을 조금 넣어 버무려 주기도 하는데 이 역시 신통치 않아 고민이다.

영양제

오늘도 여름이 밥통을 보면 사료는 다 골라 먹고 영양제 과립만 오롯이 남아있다. 그래서 이번에는 액체 형태의 참치 스틱을 사서 영양제 과립과 버무려 주었다. 그러자 이번에는 어쩔 수 없이 먹었다. 얼마나 다행인가. 사람은 머리를 써야 한다. 하나님은 우리에게 폼으로 머리를 주시지 않았다. 사용하라며 주신 것이다. 이번 일로 참치로 된 걸쭉한 간식을 많이 주문했다. 밥에 영양제와 참치 스틱을 짜서 버무려 주면 조금만 먹고 남기기는 하지만 그래도 많이 먹는 편이다. 한여름에는 여름이 밥통이 아파트 베란다에 나가 있어 쉽게 부패하기 쉽다. 그래서 안 먹으면 남은 사료와 참치 버무린 것을 버리고 다시 밥통을 씻어 새 밥을 준다. 바램인지는 몰라도 영양제를 먹이고 난 이후 여름이 털 날림이 조금 적어지는 것 같기도 하다. 그리고 하루에 한 번씩 빗질해 주려 애를 쓴다. 영양제를 먹이는 것, 이보다 더 좋은 방법은 없는 것 같다. 고양이를 키우는 집사는 부지런해야 한다.

화장실 청소

여름이 화장실 안에 들어있던 모래를 다 갈아주었다. 여름이가 화장실을 다녀오면 똥과 오줌만 걷어내고 거기에다가 사라진 만큼의 새 모래를 채워준다. 햇빛 비치는 베란다에 화장실이 나가 있어 유독 여름에 냄새가 나는 것 같다. 그리고 화장실을 치우면서 가루가 눈에 들어가는 것 같고 몸이 가렵다. 여름이 눈에 눈곱도 낀다. 화장실 모래에는 냄새가 나고 열어보니 아주 조그맣고 새까만 벌레들이 기어 다녔다. 기존에 있던 모래 전부를 버린 다음 화장실 물청소를 하고 새 모래를 넣어 주어야 한다고 몇 번이나 다짐했지만, 그 일은 자꾸만 미루고 있었다. 요즘 나의 미션이라면 새로이 사 온 털 깎는 고양이 미용 기계로 여름이 털을 깎는 일과 화장실 모래를 버리고 전부 새 모래로 교체하는 일이다.

휴일인 어제는 털을 깎지는 못했지만, 화장실 모래는 전부 갈아주어 개운했다. 그러고 나서 모래가 깨끗하고 똥 냄새가 나지 않아 기분이

상쾌했다. 그전에 냄새나는 화장실 모래를 이용하는 동안 벌레가 여름이 몸에 묻은 상태에서 우리 방 침구 위로 올라왔을 것이다. 더운 여름이라 잘 때도 창문과 방문을 모두 열어 놓은 채 잠을 잔다. 겨우내 닫혀 들어올 수 없었던 여름이는 이때를 놓칠세라 열린 창문으로 수시로 우리 방을 자유롭게 넘나든다. 우리 방으로 들어온 여름이는 아내 등 뒤로 가서 자거나 아니면 피아노 의자 위에 길게 누워 잔다.

자연히 여름 새벽에는 방문을 열고 나가 여름이를 만나서 애틋함을 나누는 일은 사라지게 된다. 내가 일어나 방을 나서면 창문을 통해 이미 방안에 들어온 여름이가 내 눈과 마주치기 때문이다. 고양이를 잘 키우려면 부지런하고 일관성 있게 관리해 주는 집사가 되어야 한다. 안 그러면 사람과 짐승이 모두 불결한 환경으로 질병에 고통을 받게 된다. 어디 이것만 그런가. 살림살이도 마찬가지다. 신경을 써서 집안 이곳저곳 구석구석을 쓸고 닦지 않으면 집안이 온통 돼지우리처럼 되버린다.

일관성

　나를 따라다니는 여름이의 일관성은 혀를 내두를 정도다. 무더운 여름이라 문을 열고 잠을 자다가 새벽에 소변을 누기 위해서 몸을 일으켜 방 안에서 나오자 어디서 달려 나왔는지 "앵∞, 앵∞" 하는 코맹맹이 소리를 내며 여름이가 내 곁으로 성큼 온다. 화장실을 가는 동안 내 발에 걸리적거릴 정도로 꼬리를 세워 몸을 비비고 자기 몸을 내 몸에 스치고 부딪치며 스토커처럼 따라붙는다. 이때 여름 몸에서 기분 좋을 때 내는 '고골송'이 계속 터져 나온다.

　마치 샘에서 생수가 펑펑 쏟아져 나오듯 말이다. 여름이의 집요한 일관성에 감탄한다. 누군가를 만나기 위해 수많은 시간을 보내야 하는 연인들이 생각난다. 그들은 얼마나 절실하게 만나기를 바랬을까! 여름이는 이처럼 사람을 쫓아다니며 애정을 갈구한다. 그 일관된 사랑하나 만으로도 이 새벽에 감탄해서 오랫동안 여름이 몸을 어루만져 준다. 나는 이처럼 일관되게 누구를 그리워 한 적이 있었나? 나는 이처럼 누구를 일관되게 사랑해 본 적이 있나? 이런저런 생각에 잠겨 갑자기 숙연해지고, 엄숙해지는 새벽이다.

이발

늦둥이가 고양이 이발기를 사 왔으면서 왜 이발은 하지 않느냐고 성화다. 아빠가 하지 않으면 자기가 혼자 하겠다고 으름장을 놓는다. 이발기를 사다 놓은 지 오래되었지만, 마냥 책상위에 두고 바라보기만 하고 있었다. 고양이 이발이 엄두가 나지 않아서다. 유튜브를 틀어보니 고양이를 키우는 사람들이 익숙하게 시범을 보이는 영상들이 넘쳐난다.

고양이가 움직이는 것을 막기 위해 목에 깔때기를 씌우고 빠른 속도로 이발기를 짧게, 짧게 커트하는 모습이 보인다. 영상으로 보기에는 쉬워 보여도 실지로 미용을 해줄 때 피부가 상하지 않을까, 스트레스를 주게 되지 않을까 걱정이 앞선다. 뿐만 아니라 이발을 하게 되면 어떤 작업대를 사용해야 하나 등등 하나부터 열까지 모두 걱정이다.

소명이가 재촉하며 성화가 대단했다. 하는 수 없이 내일 당장 목에 씌울 깔때기를 사와 저녁에는 이발을 시키자고 소명이와 약속을 해버렸다. 아무리 생각해도 선뜻 자신이 나지 않는다. 출근길에 가방에 이발기 사용 메뉴얼을 챙겨 넣었다. 전철 칸에 앉아 읽으면서 사용법을 읽혀야겠다는 생각에서다. 더운 날씨에 시원하게 이발을 해주지 않는다고 소명이는 나만 보면 노래를 부른다.

– 아빠, 언제까지 여름이가 이 더운 여름에 시커먼 털외투를 걸치고 살게 할 셈이야?!

안 그래도 더위 먹은 여름이가 서늘한 곳을 찾아가서 사지를 뻗고 멍하니 누워있는 모습을 보면 소명이 말이 틀린 말이 아니다. 그리고 털속에 세균이 득실거릴 것 같아 시급하다. 여름이 털을 밀어주어야 하기는 하겠는데 걱정이다. 정말 나는 잘할 수 있을까.

맙소사!

수요일 날 퇴근하고 아내와 함께 집에 도착했을 때 일이다. 현관문을 열고 들어가자마자 여름이가 마중을 나왔는데 등에 털이 다 밀려 하얗게 변해있었고 배 부분에만 털이 밀리지 않아 남아있다. 그리고 목 초입까지만 털이 밀려 목에는 털이 무성하고 그 아래 몸통은 민둥산처럼 하얗게 벗겨져 있었다. 꼬리는 털을 밀고 맨 끝부분만 보기 좋으라고 솔방울 모양으로 털이 남아있다. 몸통에는 털이 듬성듬성 보여 이발 기계가 밀고 간 흔적들을 볼 수 있었다. 소명이는 자랑스러운 듯 낮에 혼자서 3시간에 걸쳐 털을 깎느라고 힘들었다고 너스레를 떤다.

낮에 혼자 이발을 하는 도중 여름이가 자주 도망을 가서 털이 온 사방으로 날려 집 안 구석구석 털을 모으느라 고생이 많았단다. 털이 깎인 부분과 안 깎인 부분, 깎은 부분에서도 많이 깎인 부분과 덜 깎인 부분이 표시가 나서 우스운 모습이다. 나는 털이 고르게 깎이지 않은 배 부분을 더 다듬어 주어야겠다는 생각에 이발기를 들이었다. 그러자 늦둥이는 낮에 털 깎느라고 여름이가 스트레스를 많이 받은 상태이므로 이발기 소리를 내지 말라고 야단이었다. 그렇다고 그냥 둘 수도 없어 살살 하겠다고 늦둥이를 설득한 다음 아내와 나 그리고 소명이가 함께 여름이 몸을 붙잡고 밀리고 남은 나머지 털을 다 밀었다.

이발을 마치자 좋아하는 것은 아내였다. 그동안 털 때문에 고심했는데 이제는 털이 없어져 버려 함께 자도 좋겠다면서 여름이를 더 귀여워했다. 소명이는 이제 털 깎는데 익숙해져서 우리가 잡아주니 잘 깎는 듯 보였다. 그리고 가끔 아내가 거들며 이발을 하는데 제법 부드럽게 털을 잘 미는 것 같았다. 평소 아내는 미용기술을 배우고 싶어 했다. 그래서 이발기를 다루어 보고 싶은 호기심이 발동해서 이발기를 잡고 천천히 부드럽게 여름이 털을 밀었다. 나는 엄두가 나지 않아 구경하면서 털을 깎을 수 있도록 여름이의 팔다리를 잡아주는 보조 역할을 했다.

여름이를 위해 부모들이 집을 비운 사이 혼자 세 시간에 걸쳐 털을 깎은 소명이의 마음이 가상하다. 나 역시 늘 여름이의 애로를 알고는 있었지만 피곤하고 기술이 없어 이발기를 사다 놓기까지는 했지만 쳐다보면서 몇 달을 그냥 흘려보낸 것에 비하면 소명이는 용기다 대단하다. 아는 것이 중요한 것이 아니라, 몸소 실천을 하는 것이 더 소중하다.

귀염둥이

여름이 오자 겨우내 방문을 닫아 우리 부부 방에 들어오지 못했던 규칙은 깨어졌다. 열어 놓은 창문과 베란다 창문, 방문을 다 열고 자니 자연스레 여름이가 안방을 들락거릴 수 있게 된 것이다. 우리 부부가 잠이 들 때면 여름이는 피아노 의자 위에 올라가 우리를 향해 머리를 둔 채 잠을 잔다. 그리고 일어나는 인기척이 나면 바로 뛰어 내려와 따라 나온다. 화장실을 가면 화장실로 따라와서 자기 몸을 부딪치며 아는 척을 한다. 꼬리는 완전 직각으로 세우는데 그 힘이 대단하다.

가족이 외출했다가 돌아오면 아파트 현관문까지 마중 나와 문을 열면 야옹 인사를 하며 바로 앞에서 우리를 맞는다. 우리가 들어오면 그 자리에서 몸을 뒤집으며 우리를 올려다보며 만져주기를 바란다. 요즈음은 늦둥이가 들어오면서 여름이를 안아 올려 입을 맞춘다. 그다음 차례로 아내가 잘 있었어? 하며 입을 맞추고 다음에 내가 입을 맞춘다. 이럴 때 여름이는 일일이 코를 응대해 주며 반가움을 표시한다.

소명이는 남동생 없는 외로움을 여름이를 통해 달랜다. 마치 여름이가 남동생이라도 되는 듯 잘 데리고 논다. 여름이는 우리가 외출해 있는 동안 혼자 외로이 지내다가 가족이 들어오면 귀여움을 독차지한다. 여름이에게 코를 대며 뽀뽀를 해주면 콧등이 촉촉히 젖어있다. 여름이 컨디션이 매우 양호하다는 증거다. 여름이도 우리가 자기를 아껴줘서 고맙고 우리도 여름이를 통해 우리의 사랑을 표현할 수 있어 좋다. 왜 사람들이 이렇게 귀여운 고양이를 싫어하는지 모른다. 아마 잘 몰라서 그러지 싶다. 고양이는 절대 도도하지 않다. 고양이를 키우면 금방 알 수 있다.

과제

날이 추워져 방문을 닫아야 하는 계절이 오거나, 여름이와 가까워질수록 방과 거실을 나누는 방문의 경계는 점차 희미해졌다. 여름이가 우리 부부 방에 들어와 지내는 경우는 가끔 있었지만 그래도 여름이 입장에서 불안이 완전히 가신 것은 아니었다. 출근할 때면 어디선가 나타나 배웅해 주던 여름이 종적을 알 수 없다. 그럴 때마다 여름이는 우리 방에 있었다. 우리는 이부자리를 개지 않는다. 요를 깔아 놓고 덮던 이불을 가지런히 위에 덮어 놓고 나온다. 이불이 조금 볼록 나온 곳이 있어 그곳을 열어보면 여름이가 그곳에 엎드려 있다. 아내는 여름이가 무척 따뜻한 곳을 좋아한다고만 하고 어쩔 수 없다는 듯 체념하고 내보내는 것을 포기한 눈치다.

내가 이불을 젖히면 여름이가 발각되는데 그때마다 여름이는 쫓겨날지 모른다는 생각에 불안한 눈알을 이리저리 굴린다. 그럴 때는 예쁘게 느껴져 다시 자라며 이불을 덮어준다. 그놈은 주인이 나가던 말 던 그

달콤한 낮잠을 잔다. 요즘 이렇게 또 다른 생명이 주는 신비를 경험하고 있다. 눈이 푸르고 눈이 큰 동물에게 애정을 느끼고 서로 애틋해하다니, 이보다 더 큰 경험과 유익이 어디 있을까.

그래서 너는 우울한가?

　오후에 큰딸 소희가 다녀갔다. 시댁에 김장을 돕고 집으로 가는 길에 파김치가 된 몸으로 친정에 들른 것이다. 키우고 있는 '토리'도 함께 왔다. 귀엽게 생긴 아기 고양이다. 이젠 제법 살도 올랐다. 우리 가족들은 신기한 듯 모두 토리 앞으로 몰려가 관심을 보이고 쓰다듬어 주었다. 이 순간만은 여름이는 찬밥이다. 아이들이 돌아간 이후에도 여름이는 자기 집에 누워 무슨 생각에 잠긴 듯 시무룩하다. 꼼짝하지 않고 그냥 묵묵히 앉아 지내기만 한다.

　왜 그럴까. 늦둥이의 말에 따르면 여름이는 지금 심경이 복잡할 것이라고 했다. 혼자 사랑을 독차지하다가 토리가 오자 집안사람들이 모두 토리에게만 관심을 보이니 외로움을 느낀 것이라 했다. 여름이는 전 주인으로부터 버림을 받은 상처가 있다. 이번에도 전에처럼 또 버려지지나 않을까 하는 노심초사로 저러는 것이라고 했다. 과연 그럴까? 여름이가 자신이 버려질 수도 있다는 것을 알기나 할까. 그렇다면 이제는 그런 염려를 하지 않아도 좋을 것인데, 여름이는 이제 더이상 쓸데없는 고민을 할 필요가 없다. 이젠 여름이가 없으면 우리 가족들이 안절부절 못 살 것이기 때문이다. 우리가 우울해질 것이 분명하기 때문이다.

제로세팅

여름이 성격을 생각하면 늘 신기하다. 누가 자기를 괴롭히더라도 자고 나면 언제 그런 일이 있었느냐는 식으로 다가와 몸을 비비고 두 발을 얼굴까지 올려 코로 입맞춤을 해준다. 그리고 두 다리로 내 허리를 두드리며 인사를 한다. 사람은 그렇지가 못하다. 독을 품고 괴로워하며 그래서 내일을 망친다. 나쁜 기억에 갇혀 벗어나지 못하니 불행할 수밖에 없다. 하지만 고양이는 한 날의 고민은 한 날의 고민으로 그친다. 여름이는 자고 나면 전날의 안 좋은 기억을 다시 생각하지 않는다. 모든 묵은 감정은 다시 원점으로 돌아간다.

고양이의 단순함이 부럽다. 사람이 늙어간다는 것, 정신에 병이 생기는 것은 나쁜 기억을 잊지 못하고 기억하기 때문에 생기는 경우가 많다. 잠이 보약이라고 하는 것은 잠이 놀라운 회복력이 있기 때문이다. 한날이 아무리 힘들고 어려워도 자고 나면 새 힘이 생겨 새로운 날을 견딜 수 있게 해준다. 그런 사실을 알고 있기에 내 앞에서 식빵 자세로 앉아있는 여름이를 보면 만 갈래 생각이 일어났다 사라진다. 아무리 생각해도 대단하다. 만일 여름이가 제로세팅이 되지 않고 나와의 관계에 관한 모든 것을 기억하고 있다면 서로의 만남이 이처럼 애틋하지는 못할 것이다.

알게 되면
이해하고,

이해하면
사랑이 오고

영물과 함께

조선 7대 임금 세조는 어린 조카 단종을 몰아내고 왕이 된다. 왕이 된 이후 단종은 물론 동생인 안평을 죽이고 아버지 세종의 분신이었던 집현전 학사들을 죽이는 악행을 저질렀다. 하루는 세조가 상원사에 머물면서 법당에 들어가려는 찰나 고양이가 나타나 곤룡포 자락을 물고 못 들어가게 했다고 한다. 이상히 여긴 세조가 군사를 풀어 법당을 뒤지니 불상 탁자 아래에 자객이 숨어 들어가 있었다.

세조는 자기 목숨을 구해준 고양이에 고마움의 표시로 상원사에 사방 80리 땅을 하사했다. 이것이 묘전(猫田)이다. 상원사에 가보면 문수전으로 올라가는 입구에 두 마리의 돌 고양이를 볼 수 있다. 환궁한 후에도 서울 인근의 여러 사찰에 묘전을 설치하여 고양이를 키우고, 전국에 고양이를 잡아서 죽이지 못하도록 했다. 이 일 이후에 고양이 논과 고양이 밭이란 뜻의 묘답이나 묘전이란 말이 생겨났다. 가까운 예로 봉은사에 있는 밭을 묘전이라고 부른다. 이처럼 고양이는 영물이다.

따스한 태양 빛 아래 잠을 청하고 있는 모습이나 이른 아침 환기를 위해 베란다 문을 열어 놓으면 달려가 긴 수염이 달린 입과 코로 신선한 공기를 음미하고 있는 여름이의 모습을 볼 때, 점프를 해서 내 손등을 쳐서 놀고 싶다는 신호를 보내는 것을 보면 영물이 아닐 수 없다.

고양이 눈

고양이는 정말 천의 눈을 가졌다. 잠을 잘 때는 사정없이 눈동자가 풀어지는가 하면, 놀 때의 눈과 자기 마음먹은 대로 안 될 때 표현하는 눈동자가 다 다르다. 사냥감을 발견했을 때 갑자기 돌변하며 경계태세를 하는 조심스러운 눈이란 얼마나 또 우스꽝스럽고 진지한가. 고양이만큼 눈으로 감정을 자유자재로 표현하는 짐승도 드물다. 살아있는 짐승의 감정 표현은 여러 방법을 통해 알 수 있지만 그중 눈은 동물의 오만 감정을 표현할 수 있는 부분이다. 고양이 눈은 한쪽으로 치우치거나 정적인 대신 매우 감성적이고 동적이며 풍부한 감정을 표현할 수 있다.

이럴 때 나는 여름이처럼 눈으로 감정 표현을 풍성하게 해야겠다고 다짐해 본다. 그래서 요즘 나는 여름이의 눈을 관찰하고 있다. 어느 때 어떤 식으로 눈동자가 변하는지 유심히 살핀다. 고양이 눈을 통해 배우는 감정의 표현법을 일상에서도 적응해 보려고 애를 써 본다. 자신의 마음을 제대로 표현하는 것이 중요하다. 감정을 잘 표현할 수 있는 것

중의 하나가 눈이다. 눈을 사용해서 감정을 잘 표현하는 사람은 매력적
이다. 고양이는 그런 점에서 사람들에게 훌륭한 멘토다.

고양이의 지혜

쉬는 휴무일 늦잠을 자고 일어났다. 방문을 열고 나서 문 앞에서 기다리던 여름이가 도무지 보이질 않는다. 어디에 있을까? 어디에서 몸을 틀고 박혀 있을까. 어쩌면 늦둥이와 함께 이불속에 파묻혀 있느라 소식이 감감할 수도 있겠다는 생각이 들었다. 아무리 찾아도 여름이는 보이지 않았다. 한참을 찾던 중 여름이는 베란다 운동기구 뒤편에 놓인 의자 위에 따스한 아침 햇살을 받으며 누워있었다. 얼마나 강렬하고 따스한 빛이던지 여름이는 그 빛 속에 함몰되어 미동도 없었다. 자기가 좋아하는 일이라면 누가 찾더라도 신경 안 쓰는 게 고양이다.

서양속담에 '고양이 목숨은 9개'(A cat has nine lives) 라는 말이 있다. 여기에 대해서는 여러 가지 속설이 있다. 고양이 몸이 각양으로 휘어질 정도로 유연하고 빨라 어떤 위험 속에서도 빠져나갈 수 있음을 비유한 것이다. 하지만 최근에는 구사일생의 달인이 된 이유를 비타민 D의 유익함 때문이라고 한다. 고양이 몸은 면역력을 강화시키는 비타민

D로 인해 죽을 수 있는 위험도 쉽게 넘길 수 있다는 것이다. 그러고 보면 유독 고양이가 따스한 곳을 좋아하는지 이해가 간다.

추울 땐 귀신처럼 따스한 양지를 찾아다닌다. 비타민 D는 생명체에 면역력을 키워줄 뿐만 아니라 암세포를 죽이는 유전자를 강화시켜 준다. 고양이는 사람처럼 비타민 D를 섭취하기 위해 달걀노른자, 생선, 간 같은 것을 먹을 필요가 없다. 햇볕 속에 사정없이 함몰됨으로써 비타민 D에 흠뻑 젖는다.

신비한 악기

여름이의 애교는 계속 진화 중이다. 어떨 때는 소명이가 여름이와 노는 것을 보면 신기한 것도 있다. 마치 어미 고양이가 새끼를 입으로 물어 옮기듯이 늦둥이는 그렇게 장난을 쳤다. 늦둥이는 자기 이빨로 여름이 목덜미를 물어서 다른 곳으로 옮기는 제스처를 취한다. 이럴 때 여름이는 놀랄 법도 한데 가만히 소명이에게 몸을 맡긴다. 언제든지 당신의 사랑을 받을 준비가 되어 있다는 것이다. 그러니 둘이서 놀이가 성립된다. 여름이를 안거나 가까이 다가가서 쓰다듬으면 여름이의 몸에서 쉴 틈 없이 '그르릉' 소리가 난다.

신기하다. 몸을 만져보면 갈비뼈를 중심으로 타원형의 럭비공 같다. 그 통속에서 공명하는 소리가 난다. 고양이처럼 사람의 사랑을 갈구할 수 있는 동물은 이 세상 어디에도 없을 것만 같다. 여름이는 우리 가족에게 정서적으로 많은 기여를 했다. 사춘기에 접어든 늦둥이와 일상에 치인 우리 부부에게 웃음과 정서적 만족감을 넘치도록 공급하고 있다.

길 가다가 고양이를 만나면 하는 짓을 보고 있자면 저절로 웃음을 나온다. 여름이는 요즘 부쩍 아내 품에 안겨있다. 아내는 고양이를 이렇게 쓰다듬으며 만지기만 해도 정서에 좋다는 말을 되뇌이면서 말이다.

고양이는 고수

　여름이의 친화력은 지칠 줄 모른다. 귀찮아서 멀리 내쫓으면 한참 있다가 다시 돌아와 내 곁을 맴돈다. 아무리 생각해도 지독한 집착, 지독한 사랑이다. 내심 혼자 생각하기로 '너는 자존심도 없냐? 하는 생각을 해보다가도 어떤 때는 참 가상한 놈이라는 생각을 하게 된다. 이럴 때는 고양이를 가슴에 안은 채 머리와 몸과 발을 쓰다듬어 줄 수밖에 없다. 내가 고양이를 이처럼 좋아할 줄은 미처 몰랐다. 나는 늘 인생의 지각생이었다. 남들이 무엇이 좋다고 하며 그쪽으로 몰려갈 때 나는 팔짱을 끼고 한동안 넋 잃고 먼 산만 바라본다. 그러다가 앞서간 그들이 이제는 지겹다고 돌아 나오는 끝물에 가서야 흥미를 느끼는 축에 든다. 이처럼 나는 늘 지각생이었고, 내 인생은 그렇게 뒷북만 쳐대는 인생이었다.

　또 생각해 보면 나는 참 무심한 사람이었다. 감정을 표현하는 일이 드물며 또한 감정의 기복이 별로 없는 편이다. 경상도 남자라서 그런지

무뚝뚝하기 이를 데 없다. 그런데 말이다, 나 같은 목석남을 부드럽게 만들고, 웃게 만들며, 빙그레 미소 짓게 하는가 하면 애틋한 마음으로 전신을 쓰다듬게 만드는 것이 바로 고양이다. 그런 면에서 고양이는 천재적인 소질을 타고난 동물이다. 지혜로우며 감성이 풍부하며 말로 다 표현할 수 없을 정도다. '나는 고양이를 싫어한다, 대신 개를 좋아한다'며 빈정대지 마라. 그건 고양이를 모르기 때문에 하는 철없는 소리다. 어느 순간 묘연에 감전된다면 아마 그대는 고양이를 사랑하지 않고서는 못 견디게 될 것이다.

오산리 고양이

　이제는 길에서 만나는 고양이가 정겹다. 집에서 고양이를 키우면서 부터 세상의 모든 고양이가 행동들이 친근하고 귀엽다. 파주 오산리에 갔다가 그곳에서 만난 고양이는 흔하게 볼 수 있는 흰 바탕에 노란 줄 무늬가 들어가 있는 고양이었다. 사람들을 보면 도망치는 것이 상례인 데 아내가 멀리서 야옹아 하고 부르자 이내 아내 곁으로 다가온다. 도 리어 아내가 어쩔 줄 몰라 만져주려 다가서자 몸을 뒤집어 벌렁 누워 안녕하고 인사를 한다. 어라, 겁도 없다. 사랑을 많이 받아 온 놈이다. 애교 덩어리, 배를 뒤집어 보이며 애교를 떨어도 좋을 만큼 이곳 사람 들로부터 사랑을 받았음이 틀림없다. 이쁨을 받는 것도 미움을 받는 것 도 자기하기 나름이다. 이럴 때면 가방에 고양이 간식을 넣어 오지 못 한 것이 아쉽다. 처음에는 고양이가 어떤 짐승인지 몰라 아껴주지 못했 다. 어떤 생명인지 그 실체를 알게 되면 이해하게 된다. 이해하게 되면 다음에는 사랑하게 된다.

영적 동물

샤넬의 전설적인 디자이너 라거펠트가 타계하면서 그가 남긴 2,200억 원의 유산이 그의 반려묘 슈페트에게 상속될지, 세간의 관심이 높다. 독일에서는 고양이 앞으로 신탁이 가능한 법이 제정되어 있다. 슈페트는 버만 고양이(Birman Cat)품종으로 새하얀 털과 파란 눈, 고고한 표정과 자세를 가진 것으로 알려져 있다. 이 고양이는 인스타그램에 17만명의 팔로워를 가졌다고 한다. 너무 세련되었다는 이유로 고양이 사료 광고는 찍지도 않는다고 할 정도다. 그럼에도 슈페트가 광고, 화보집 등으로 벌어들인 돈만 우리나라 돈으로 38억에 이른다. 라거펠트의 고양이 사랑은 유명하다. 그는 고양이는 자기 세계의 중심이라 했고, 슈페트의 우아한 모습에 늘 영감을 받는다고 고백했다.

2013년에 한 인터뷰에서는 할 수 있다면 슈페트와 결혼하고 싶다고 할 정도였다. 그는 슈페트가 인간과 똑같으며 말이 없는 것이 장점이라고 말했다고 하니 그 사랑을 가히 짐작할 수 있으리라. 라거펠트 역시 샤넬의 전설, 패션계의 교황으로 불릴 정도로 창조적인 아티스트다.

　그가 고양이를 사랑하는 데는 그만한 이유가 있다. 고양이는 영적인 동물이다. 신비스럽기까지 하다. 도도한 듯 보이지만 성실하고 예민하며, 끊임없이 사랑을 갈구하는 존재다. 어떨 때는 인품이 마치 어느 성자 같기도 하고 아주 세련되고 훌륭한 신사나 숙녀의 모습이 느껴질 때가 있다. 사람과 끊임없이 감정의 교류를 하며 보는 이로 하여금 탄성을 자아내게 할 만큼 사랑스럽다. 고양이를 통해 인간은 자신의 불완전한 점을 성찰하고 개선할 수 있다. 그러니 패션계의 교황이 고양이 사랑에 흠뻑 젖었을 것이다.

위로하는 눈빛

소명이가 집에 들어오며 난리다.

- 아빠, 아빠 여름이가 오늘 나한테 어떻게 했는 줄 알어?!

오늘 학교에서 안 좋은 일이 있어 늦둥이가 집에 와서 한참을 울었다고 했다. 왜 서럽게 울어야 했는지를 묻자 그건 대답하지 않았다. 그럼 너가 여름이한테 느꼈던 그 신기한 이야기나 해보라고 재촉했다. 늦둥이 말로는 자기가 울 때 여름이가 다가와 옆에 앉아서 울고 있는 자기를 빤히 쳐다보고 있더라는 것이다. 자기를 쳐다보는 그 그윽한 눈빛이 장난이 아니었다나.

'누나, 울지마, 왜 그렇게 울고 있어. 누나가 우니까 내가 어떻게 해야 좋을지 모르겠으니까. 그만 울어'

이렇게 말을 하듯 여름이가 얼굴을 늦둥이 몸에다가 문질러 대면서 함께 슬퍼해 주었다며 놀라워했다.

늦둥이는 이제는 자기가 혼자가 아니라는 것을 느끼겠다고 한다. 이처럼 좋은 일이 또 어디 있을까. 나는 안다. 그런 눈빛을 자주 맞추어 보았기 때문에 안다. 내가 여름이를 사랑하는 마음을 가지고 바라보면 여름이도 그 크고 이쁜 눈으로 빤히 나를 한동안 쳐다본다. 순수하고 해맑다. 그 맑은 눈동자가 좋아서 한참을 뚫어지게 서로 바라보던 때가 있었다. 우린 서로 생의 반려. 당연히 희노애락을 함께 한다. 장난도 잘 친다. 늘 만져주고 놀아달라고 쫓아다니면서 벌린 내 다리를 통해 넘나들고 내 앞에서 몸을 눕혀 뒤집기 일상이다. 어쩌다 이렇게까지 관계가 발전하게 되었을까. 불가사의하다. 맙소사, 고양이를 혐오하던 내가 이 지경에 이르다니!

나는 안다, 우리는 안다

오늘 새벽에 일어나 나를 졸졸 쫓아다니는 여름이를 본다. 여름이도 빤히 나를 쳐다본다. 말은 할 수 없지만 우리는 서로를 그리워하고 있다. 여름이의 눈빛은 나에 대한 만족과 신뢰가 가득하다. 나 역시 여름이를 신뢰와 사랑을 가득 담은 눈빛을 날려 보낸다. 이렇게 시작하는 아침은 상쾌하다. 세상은 살만한 곳이라는 생각 드는 것은 웬일일까. 나 같이 못난 것을 무한히 신뢰하며 나를 그리워하며 나와 친해지기 위해 온몸을 부벼대는 여름이가 고맙다.

사람에게서 이런 신뢰를 받아보는 것은 가족 외에는 어렵다. 아니 가족도 이보다 더하랴. 나는 안다, 우리가 서로 그리워하고 있음. 여름이는 나에게 살아있는 생명체로서 책임감을 느끼게 하고, 살아야 하는 이유를 알게 한다. 처음에는 호기심으로 시작된 여름이와 우리 가족과의 관계는 이제 인생의 반려로서의 의미를 느끼기에 충분하다. 생명체는 서로 사랑해야 한다. 사랑만한 에너지가 어디 있으랴, 사랑만한 면역력이 어디 있으랴. 사랑 하나면 충분하다. 여름이는 나에게 삶의 동기를 부여한다. 그리고 여름이의 일관된 사람에 대한 친밀감은 나에게 무한한 영감을 준다. 나는 여름이를 만난 일을 하나님께 감사하고 있다.

말랑말랑한 마음을 주소서

새벽 내내 여름이의 울음소리가 들렸다. 어제 새벽에는 알람이 울리지도 않았는데 유난히 여름이가 우는 소리가 나고 문인지 창문인지는 모르지만 무언가를 긁어 대는 소리가 났다. 나는 그 소리를 들으며 새벽 내내 비몽사몽이었다. 저 녀석이 왜 이리 소란인가. 나는 꼼짝하지 않고 누워만 있었다. 밖에서 무슨 난리를 피우던 가만히 있었다. 이번 기회에 여름이 버릇을 단단히 고쳐놓겠다는 일념이었다. 어리광을 피운다고 쉽게 마음이 흔들려 문을 열어주면 매일 와서 저러면 큰일이기 때문이다. 아무리 슬피 울어도 밤에 잘 때는 우리 방에 들어올 수 없다는 것을 교육해야 한다고 생각하며 비몽사몽에 빠져 있었다. 이런 생각은 아내도 마찬가지였다.

나중에 기상해서 방문을 열었을 때 있어야 할 여름이가 문 앞에 없었다. 어찌 된 일이지 하고 거실로 나가자 베란다 문이 다 닫혀 있었고 여름이가 거실로 들어오지 못한 것이다. 여름이는 밤새 베란다에 갇혀 새벽까지 지낸 것이다. 안타까운 생각이 들어 내가 베란다 문을 열자 여름이가 비호처럼 거실로 뛰어 들어왔다. 그러니까 여름이가 열린 문으로 베란다로 나갔다가 잠을 자기 위해 문을 닫는 과정에서 여름이를 안으로 들이지 못한 것이다. 여름이는 베란다에 갇힌 채 혼자 밤을 지샌 것이다. 그리고 혼자 있는 것이 두렵기도 했을 것이다.

　여름이를 바라보는 내내 마음이 편하지 않았다. 새벽에 혼자 나가 추워 떨면서 거실로 들여보내 달라고 얼마나 애원을 했었던가. 그런데 나는 버릇을 고치겠다고 미동도 하지 않았으니. 살다보면 이런 오해가 생기는 경우가 많다. 뜻하지 않게 상대방 입장을 고려하지 않고 내 생각과 판단으로 행동하면서 상대가 피해를 입거나 일을 망치는 경우 말이다. 굳은 마음은 안된다. 굳은 마음은 죽은 시체의 마음이다. 살아있는 자의 마음은 부드럽고 유연한 마음이어야 한다. 나는 그런 마음을 가지게 해 달라고 기도한다. 살아있는 모든 것에 대해 관용하고 너그럽고 부드러운 말랑말랑한 마음을 가지게 해달라고...

켓 타워

여름이를 키우면서 늘 캣타워가 필요하다고 생각했다. 여름이가 높이 올라갈 때가 없어 주로 냉장고 위나 장롱 위에 올라가 아래를 내려다보는 습관이 있었기 때문이다. 알다시피 냉장고 위에, 장롱 위에는 먼지 구덩이다. 하지만 켓 타워가 쓸만한 것은 수십만 원 씩 해서 엄두를 내지 못했다.

토요일인 어제 퇴근길이었다. 대학가라 젊은 사람들이 많이 사는 원룸촌 앞을 지나는데 보기에도 쓸만한 캣타워가 버려져 있었다. 높이가 2m 이상 되고 고양이 집이 2개나 달렸으며 올라가는 발판이 꼭대기까지 5개나 달린 호화형 캣타워였다. 나는 차를 빌려서 캣타워를 싣고 집으로 가져왔다. 앞으로 입양될 놈을 생각할 때 그건 2마리가 충분히 이용할 수 있는 유용한 캣타워였다.

하지만 거기에는 고양이 냄새와 고양이 털이 하얗게 묻어 있었다. 아마 누군가 사서 버리기까지 한 번도 청소하지 않은 듯 보였다. 집에 들여놓기 전에 바람이 부는 그늘진 곳에 캣타워를 세워두고, 아내와 함께 큰 솔과 칫솔로 털을 제거하는 작업을 한참 했다. 이전에 캣타워를 사용하던 고양이 냄새와 털을 털어 없애기 위해 7월의 뙤약볕 아래서 결사적으로 청소를 했다.

집에 가져가기만 하면 여름이가 좋아하며 캣타워로 달음질하며 올 줄 알았다. 하지만 여름이는 시큰둥한 채 가까이 가서 냄새를 맡아보고 휙하고 발걸음을 딴 곳으로 피해버렸다. 여름이를 붙잡아 억지로 캣타워에 위에 올려놓으려 하자 우리에게 적대적인 행동을 보였다. '학학' 소리를 내고 이빨을 보였다. 아마 장시간 캣타워 청소를 하던 우리에게서 다른 고양이 냄새가 났기 때문일 것이다. 여름이는 혹시 우리가 자기 외에 또 다른 고양이를 집에 들여놓을지도 모른다는 불안감을 가졌을지도 모르겠다. 여름이는 캣타워 앞에 한참을 엎드려 있었다.

이 모습을 지켜보면서 캣타워에 베인 다른 고양이 냄새를 제거해 주어야겠다는 생각이 들었다. 우선 옷에 뿌리는 방향제를 타워에 뿌려댔다. 그런 다음 여름이가 좋아하는 간식거리를 타워에 달린 고양이 방과 발판 위에 올려 놓아주었다. 가족들이 학교와 직장을 가느라 집을 비우고 사이, 나는 내심 혼자 집에 있으면서 그 간식을 먹느라 캣타워를 오르락내리락 거리면서 적응을 할 거라는 생각을 했다. 이전에 천장 없이 오픈된 고양이 방석집을 가져올 때도 한동안 이용을 하지 않고 망설이던 여름이었다. 그 당시에도 여름이가 처음에는 그 방석 형태의 집을 멀리하다가 시간이 지나자 적응하고 애용하던 일이 있었다. 이 모든 일을 시간이 해결할 것이다. 조급해지지 말자. 안되면 그만 아닌가.

: 어제처럼 오늘도 일상이 묘수

아직 적응 중

일주일이 지났지만 여름이는 아직 캣타워에 적응을 하지 못했다. 여름이 밥통을 아예 타워 안에 있는 집에 넣어주거나 발판에 간식을 놓아두었는데 그 높은 곳까지는 갈 생각도 못하고 엉거주춤 거렸다. 간혹 낮은 곳에 놓아둔 간식 냄새를 맡는 시늉을 하다가 마음에 안 드는지 다시 방바닥으로 내려왔다. 배가 고파지면 하는 수 없이 타워에 딸린 집안으로 몸을 반쯤 넣고 들어가 있는 밥그릇을 비웠다.

변화된 환경에 적응하는 것은 쉽지 않다. 적응하는데 시간이 필요하고, 고민이 필요하고, 노력이 필요하다. 이런 과정과 노력 없이 바뀐 환경에 적응할 수 있다면 이 땅을 사는 생명들에게 무슨 고민이 있을 것인가.

요즘 들어 여름이 엉덩이 부분에 있는 털이 많이 빠졌다. 그루밍을 하면서 자주 그 부분을 뽑아내는 것 같았다. 소명이는 고양이 피부병이

므로 병원에 가서 진료를 받아보라고 재촉이다. 하지만 나는 큰 걱정을 느끼지 못한다. 소명이가 여름이를 나보다 더 사랑한다는 증거다.

편견

새벽에 일어나 보니 여름이가 보이지 않는다.

- 우와∞!

사방을 두리번거리며 찾다가 저 높이 캣타워의 맨 꼭대기에 몸을 틀고 들어앉아 있는 것이 아닌가? 내가 다가서자 눈으로 응대할 정도며 편안해서 그런지 그 자리에 그냥 누워있다. 이제는 타워 중간에 만들어진 공중 집에 들어가 있다가 발로 아내와 장난을 치기도 한다. 아, 시간이 이렇게 해결해 주고 말 일을 그동안 공연한 걱정을 했구나 싶다.

돌이켜 생각해 보면 여름이에 관한 문제들은 대부분 시간이 지나면 해결되는 것들이었다. 2m 이상 되는 타워를 오르락내리락 하다 보면 운동이 많이 되어 살도 많이 빠질 것 같다. 무더운 한 여름날 캣타워를 들여오면서 비지땀을 흘린 일이 보람이 되었다. 여름이는 그렇게 꺼리던 타워 맨 꼭대기 층에 몸을 틀고 천연덕스럽게 누워있다. 얼마나 편한지 우리가 불러도 고개만 돌려 우리를 쳐다본 다음 다시 몸에 자기 얼굴을 파묻고 잔다.

여름이는 우리 집 가족들의 사랑을 한 몸에 받고 있다. 아내는 여름이가 볼수록 귀엽다고 말한다. 나는 그래서 베네딕토 16세 교황이 교황직을 내려놓고 고양이와 놀면서 고양이에 관한 책을 쓰려고 했던 일이 이해가 갔다. 사람들은 잘못 알고 있다. 고양이가 도도하고, 무심하며, 자기만 아는 짐승이라고 말이다. 고양이처럼 사람을 따르는 짐승이 세상에 어디 있을까. 그뿐만이 아니다, 고양이의 친화력, 일관성 등은 사람을 더욱 고상한 인격체로 성장해 가는데 많은 도움을 준다. 자신을 바라보는 사람들에게 계속 영감을 불어넣어 준다. 그 점에서 고양이는 정말 위대하다!

여름이는 외로움을 알고 있을까

이번 여름 휴가는 2박 3일간 부산에서 지내고 파주로 올라올 생각이었다. 큰 딸네는 고양이를 파주 시댁에 어른들에게 맡기고 우리를 데리러 왔다. 나는 고양이를 여러 마리 키우는 집사에게서 주워들은 소리가 있어 물을 3곳 정도, 밥을 3곳 정도 분산해 놓으면 2박 3일 정도는 지낼 수 있다고 해서 그 조언대로 하고 집을 떠나왔다.

늦둥이는 역시 늦둥이였다. 우리가 집을 비운 사이 우리 집에 놀러 왔던 자기 친구에게 전화를 해서 우리 가족이 없는 집에 와서 한 시간 정도 여름이를 돌보아 주고 물도 갈아 주고 가라고 부탁을 했단다. 그래서 오늘도 그 친구가 우리 집을 다녀갔단다. 그 친구에게 부탁한 이유는 평소에 친구들을 집으로 데리고 오면 여름이가 친구를 무척 따랐다고 했다. 나보다 여름이를 사랑하는 마음이 훨씬 크기 때문에 실행할 수 있는 행동이다. 사랑은 머뭇거리지 않는다.

집에 돌아와 보니 거실과 작은 방에 토한 듯한 흔적과 오줌을 싼 흔적이 보였다. 아아 이건 또 무슨 뜻일까. 자기를 두고 휴가를 간 집사들의 결정에 대한 여름이의 보복 내지는 반란인가? 큰딸은 이 상황을 전해 듣고 고양이는 화장실이 지저분하면 다른 곳에 실례를 한다고 했다. 가기 전에 화장실도 청소하고 모래도 많이 넣어 주고 갔었다. 그것으로 안 되는 모양이었다.

여름이한테 미안했다. 하지만 1박 2일, 2박 3일 정도는 혼자 지내도 큰일이 일어나지 않는다는 것은 나름대로 확인한 것이 수확이라면 수확이다. 왜 그랬을까? 여름이의 심리상태가 궁금하다. 동물의 심리상태를 공부한 사람들의 의견을 듣고 싶다. 알아야 면장을 하고, 알아야 대처를 할 수 있다. 하지만 알 수 없으니 답답하기만 하다.

이기심

　사람과의 우정, 사람과 짐승과의 애틋한 감정, 추억 이러한 것도 영원한 것도 아니다. 지난 날 여름이와 나와의 친밀감은 보통이상이었다. 지난 몇 달 동안 내 삶은 이런저런 이유로 많이 피폐해졌다. 내 삶이 피폐해지자 나 자신을 돌보기가 어려워졌고 자연스럽게 내 주변과의 관계도 소홀해졌다. 이런 과정에서 여름이와 내가 애틋한 관계를 유지해나가는 것은 어려웠다. 집에 들어가면 여름이는 예전처럼 몸을 누이고 자기 털로 내 몸을 부비고 꼬리로 내 다리사이나 무릎을 애무한다. 그리고 앵앵거리며 내 주변을 맴돈다.

　어떨 때는 사람이 산다는 것, 그리고 생명 있는 것들의 친밀한 관계가 도리어 안타까워질 때가 있다. 어떡하건 삶의 애정을 회복하고 친밀한 관계를 되찾아야 한다. 여름이를 진정으로 아끼는 마음에서 애무해 주고 여름이가 좋아하는 간식도 주면서 맛있게 먹는 모습을 기쁨으로 바라보고 싶다. 하지만 내 삶의 토대가 무너질 때 다른 사람이나 다른 생명은 안중에도 없다. 인간은 이처럼 이기적이다. 그리고 비정하다. 하지만 어찌할 것인가. 내가 생존하지 못한다면 사랑도, 추억도, 애정도 다 부질없다. 나 자신으로 인해 상처받을 여름이가 안타깝다. 어서 빨리 내 삶의 에너지를 회복해야만 한다.

사랑은 닮는 것, 행복은 더하는 것

묘연은 묘연하다

어제 갑자기 교회 복연누님이 사무실에 나타나서 한 마디 불쑥 던진다.

- 고양이 한 마리 키워봐라!

어찌 된 일인지 묻자 복연누님 지인이 전주에 사는데 인근 동네가 재개발되는 바람에 빈집을 돌아다니는 어린 길고양이가 가여워 보여 50만 원 달라는 동물 병원에 사정을 해서 25만 원 주고 중성화 수술까지 마쳤단다. 금요일 날 병원에서 퇴원시켜 가져오게 되면 복연누님 아는 지인에게 부탁해서 키우게 해달라고 요청을 받았던 모양이다. 그래서 복연누님은 우리더러 키우라고 부탁을 하셨다.

사실 나는 그동안 지인들이 준다는 고양이가 오기를 기다리고 있는 중이다. 집 앞을 나서면 쫓아다니는 7개월 된 고양이가 안 돼 보여서 생포한 다음 중성화 수술을 시켜 보내준다는 것을 한동안 기다렸다. 나는 그놈이 올블랙이라고 해서 내심 기대하고 기다렸으나 오지 않았다. 그러는 사이 여동생 집에 고양이가 낳은 새끼 4마리를 알게 되어 여동생네 새끼 네 마리 중 발등만 희고 전신이 검은 새끼 한 마리를 데려오기로 하고 젖이 떨어지기를 기다리고 있다.

그런데 이게 웬일인가. 얼마 전 여동생에게 전화를 해보니 그 새끼들을 다른 곳으로 다 보냈다고 했다. 나는 속으로 섭섭했다. 새끼 처리로 인해 고심할 여동생을 위해 지인과의 선약도 마다하고 데려다 키우기로 한 것이기 때문이다. 그런 약속을 잊고 여동생이 다른 곳으로 입양을 다 보냈다고 하니 섭섭한 마음이 생겼다. 그러던 차에 복연누님이 고양이 한 마리 키우라며 전화를 하신 것이다. 나는 심경이 복잡해 복연누님에게는 아내에게 말씀해 보시라고 하고 대답을 피했다. 퇴근해서 아내에게 이야기하자 아내는 이번에도 안된다고 한다.

하지만 마음은 이미 기울어져 있었다. 고양이를 한 마리 더 키우기로 했고 처음 입양했을 때 여름이와 적응하라고 철제 가림망과 화장실까지 다 구해 놓은 상태였다. 고양이와는 묘연이라는 것이 있어서 어쩌면 이번에는 그 고양이와 묘연이 생길지도 모른다는 생각이 들었다. 게다가 이런 확신을 더 강하게 한 것은 늦둥이 때문이었다. 쾌활하고 밝았던 그 아이가 요즘 들어서 의욕을 상실하고 공부도 전혀 하지 않았다. 자살한 아이돌 가수들에 관한 동영상을 자주 보는 등 최근의 변화에 우리 부부는 많이 걱정하고 있었을 때였다. 그래서 소명이를 위해서도 새끼 고양이를 입양하고 싶었다. 묘연은 이처럼 타이밍이 절묘하다.

늦둥이에게는 대충 들은 이야기를 해주었다. 재개발현장에서 나온 4개월 된 아이며, 세 가지 색이 섞인 아이라고 했더니 좋아하며 어서 데리고 오라고 했다. 이번에는 적극적으로 아내를 설득했다. 이름을 '삼색이'라고 부르면 어떤가, 물었더니 늦둥이는 겨울에 들어오는 아이이므로 '겨울이'라고 부르겠다고 우겼다. 과연 냥이가 우리 집으로 와서 우리 가족과 인연을 맺고 우리와 어떻게 살아갈지 아직은 알 수 없다.

이름전쟁

아내가 고양이를 준다는 복연누님을 만나 우리 집 속내를 들려준 모양이다. 우리 부부는 삼색이 내지는 삼식이라고 부르기로 했지만, 늦둥이가 겨울이라고 불러야 한다고 우기는 있는 것을 말했지만 정작 복연누님은 그 아이의 이름은 삼색이나 겨울이가 아니고 '축복이'라며 우리 집 가정에 축복을 줄 아이라는 뜻으로 그렇게 불러야 한다고 하셨다. 아울러 삼색이, 삼식이, 겨울이와 같이 그렇게 흔한 이름을 지어서는 안 된다고 했다나. 생각해 보니 짐승의 이름이라고 아무렇게나 지으려고 한 것 같아 부끄러운 생각이 들었다.

처 이모님의 이름이 '점심'이다. 원래는 처 이모님이 일제시대에 태어나서 일본식 이름을 지어 두었는데 출생 신고하러 간 할아버지가 낮술을 한 잔 걸치시고 신고할 때 기억이 나지 않아 할 수 없이 점심때 낳았다고 하여 '점심'이라고 지은 연유로 평생을 '점심'으로 살아야 했다. 생명의 이름을 함부로 지어서는 축복받을 수 없다는 근거 없는 생각이 발동해서 늦둥이에게도 설득을 해서 축복이라고 부르자고 했다. 그러면서 여름이도 '사랑'이나 '온유'와 같이 다른 이름으로 바꾸자고 했더니 펄쩍 뛰었다.

새벽 기상 시간이 되자 방문을 긁어대는 바람에 하는 수 없이 일어나서 문을 열어주고 잠자리에 다시 누웠다. 그러자 이번에는 우리 머리맡이나 품속으로 들어와 계속 고골 송을 불러대는데 몇십 분을 그렇게 하고 있었다. 그런 걸 보면 얼마나 사랑이 많은 아인지 아무래도 '사랑이'라는 이름이 제격일 것만 같다. 하지만 늦둥이는 '여름이', '겨울이'로 부르는 것이 어감도 좋고 복잡하지도 않으며 단어의 짝도 맞아 좋단다. 아깽이가 들어오면 또 한 번 이름으로 전쟁이 생길 참이다.

요즘 부쩍 늦둥이는 언제 고양이를 데려올 건지 묻는다. 중성화 수술을 마치고 상처가 회복되면 곧 올 것이라고 말하며 잠재운다. 늦둥이는 그 어린 것을 벌써부터 수술을 시키면 어쩌느냐고 걱정을 했다. 하지만 미국 같은 곳에서는 어릴 때 중성화 수술을 시킨다고 말해 주었다. 조금이라도 컸을 때 보다 그것이 낫다는 이야기도 들려주었다. 아깽이가 들어오면 여름이도 덜 외로울 것이다. 아내는 고양이 두 마리가 집안을 어지럽힐 것을 생각하면 벌써부터 끔찍하다고 난리다.

늦둥이의 불평

큰딸 소희로부터 전화가 왔다. 소명이가 자기에게 전화를 했는데 새로 입양할 아깽이 이름을 '축복이'라고 한 것에 대해 불만을 토로하면서 하소연을 했다고 한다. 소명이는 '축복이'가 아닌 '겨울이'로 부를 것이라며 고집을 피웠다고 한다. 소명이는 아깽이를 주면 주는 것이지 왜 자신이 키울 아이의 이름까지 정해서 주는지 이해할 수 없다고 했단다. 소명이는 평소에 여름이와 조화를 생각해서라도 겨울이가 좋다고 했었다. 소희한테는 자신에게 이런 이야기를 했다는 것을 엄마 아빠에게는 비밀로 해달라고 했다고 한다. 소명이가 이렇게 세게 나오자 아내도 조금 수그러들 수밖에 없었다. 소명이를 위해서 적극적으로 아깽이를 데려오는 마당에 고양이 이름 문제로 마음을 상하게 해서는 안 될일이었다. 다시 아내가 걱정스럽게 입을 열었다.

- 오늘 아침에 생각해 보니까 '축복이'라 부를 때 만일 좋은 일이 생기면 '축복이'라는 이름이 어울리겠지만 축복이 되는 일이 안 생기는데

도 계속 축복이라고 부른다면 그것도 문제 아닐까?

이처럼 우리는 늦둥이와 이름 문제로 대치하며 서로 신경전을 벌였다.

아침에 출근하는데 아내가 오늘 복연누님이 우리 집에 입양시키기 위해 아깽이를 데리러 간다고 했단다. 그래서 나도 출근할 때 고양이를 담을 수 있는 가방에 넣어서 오려고 일부러 전철을 이용하지 않고 자가용으로 출근을 했다. 입양될 아깽이가 있는 곳은 양평동이라고 했다. 퇴근하고 복연누님과 함께 아깽이가 중성화 수술을 마치고 양평동으로 가야한다. 아깽이가 집으로 들어오면 여름이와 함께 집에 재롱을 떨면서 지낸다면 늦둥이 정서에 지금보다는 훨씬 좋을 것이다.

인연은 어쩔 수 없다

입양 받아 키우기로 한 새로운 아깽이는 전라도 어느 재개발지역에서 떠돌다가 생포되어 중성화 수술을 마친 다음 서울을 거쳐 파주 우리 집까지 오게 되는 녀석이다. 아아, 이 인연의 끈은 어찌할 도리가 없다. 이놈은 운이 억세게 센 모양이다. 그리고 우리는 이놈을 키워야 할 운명이다. 이놈은 그동안 맺을 수 있었던 모든 운명과 가능성들을 다 제치고 오늘 홀연 역사처럼 이놈이 오고 있다. 사랑하지 않을 수 없다. 한마디로 선물이라고 할 수 밖에.

둘째를 입양하러 가다

　복연누님이 소개한 곳은 양평동에 있는 빌라 앞이었다. 복연누님과 아내가 탄 차가 먼저 출발하고 나는 혼자 운전해서 그 뒤를 따라갔다. 한강 부근 빌라촌에 있었는데 찾아가는 길이 쉽지 않았다. 내가 먼저 빌라 앞에 도착했을 때 어떤 남자가 고양이 운반용 케이지를 들고 추운 밤에 서성거리고 있었다. 그 시간 정작 이곳 지리를 잘 아는 복연누님은 다른 곳에 가서 헤매고 있었다. 나는 먼저 그 남자와 이야기를 하다가 그가 들고 있는 케이지 안에 우리가 인수하기로 한 그 고양이가 들어있다는 것을 알았다. 자초지종을 물었더니 자기 아버지가 복연누님의 양평동 밥 셔틀 구역을 물려받았다고 했다. 그런데 오래 하지 못하고 전라도 광주에 일이 있어 내려가게 되었다. 그러니 양평동 지역 고양이 밥 셔틀이라는 사명을 완수하지 못하고 전남 광주에 내려가 엉뚱한 곳 고양이를 구조해 왔으니 사고라면 사고를 친 셈이다.

　광주, 그곳 공사판에는 사람을 찾아보기 어려운 외딴 공사판이라 고양이가 살 수 없는 곳이라고 했다. 그런데 어린 새끼고양이가 자기 아버지를 죽자 살자 따라다녀 하는 수 없이 서울 양평동 집으로 데려왔다고 한다. 아버지도 고양이를 키우고 있어 더 키울 수는 없는 사정이란다. 그 대신 자기 비용을 들여 중성화 수술을 한 후 거리에 방사하려고 했단다. 중성화 수술했다는 표시로 귀를 제법 많이 잘랐다고 했다. 길고양이는 중성화 한 놈을 몰라보아서 생포한 후 중성화 수술을 시키기 위해 다시 배를 가르는 일이 있기 때문이란다. 그 남자 말로는 자기 집에서 케이지에 옮기는 작업을 해야 하는데 지금 집에 장인·장모가 와 있어 우리 일행을 맞을 수 없어 하는 수 없이 집 밖으로 케이지를 들고나오게 되었다고 했다.

조금 뒤 복연누님이 도착하셔서 우리는 차 안에서 그 사내 케이지에 있는 고양이를 우리 케이지에 옮기는 작업을 하다가 실수로 놓쳐 케이지를 나와 차 안으로 도망 나왔다. 그 시간 마침 밖에 있던 아내가 차 안으로 들어오려고 문을 여는 바람에 하마터면 영영 놓쳐 버릴 뻔했다. 말수가 적었던 그 남자는 고양이와 함께 봉봉이 장난감을 하나 챙겨주었다. 아이가 긴장하고 있으니 장난감으로 긴장을 풀어주라는 배려가 아니였을까..

집에 들어와 여름이 모르게 서재 방에 밥과 물그릇을 놓고 화장실을 설치하고 집도 넣어 주었다. 그리고 철망을 치고 나왔다. 여름이가 뭔가 이상하다는 낌새를 챈 것 같기는 한데 새로온 놈의 정체를 알지 못했다. 새로 들어가 보니 깜쪽같이 그놈이 어디 갔는지 보이지 않는다. 나중에 보니 책상 맨 안쪽 구석에 들어가 얼굴을 숨기고 앉아 있었다. 늦둥이가 츄르를 가지고 다가가니 '학'하는 경계음을 내었다. 우리는 밤 1시까지 지내는 동안 소명이가 놀이기구를 흔들어 주자 조금 긴장이 풀린 것 같기도 했지만 나오지는 않았다. 다음날 아침에 츄르봉지가 비어있어 먹었는지 손을 잡으려하니 '학' 소리를 내며 저항했다고 한다. 새벽 5시가 좀 지난 시간에 아깽이 방에 들어가 보니 그 아이는 어제처럼 숨어 들어간 책상다리 밑에 그대로 숨어 있었다.

별것도 아닌 고양이 놈들이 뭐가 대단하다고 합사 준비하는데 이렇게 어려울까 생각하니 기가 찬다. 하지만 생명이라는 것이 마음대로 다룰 수 없는 것이라 늘 조심스럽고 머리가 아프다. 우리를 만나지 못했으면 수술을 하고 길거리로 버려졌을 생명이다. 그런데 그런 경우 야생에서 얼마 살지 못하고 죽는다고 한다. 그러니 우리를 만나 극적으로 생명을 건진 놈이다. 그러니 억지로 운이 좋은 놈이다. 인수받을 때 차 안에서 도망친 놈을 붙든 것도 내가 아닌 복연누님이었다. 고양이를 사랑하기에 목숨 걸고 저항하는 놈을 붙잡고 안정시킬 수 있었던 것이다. 빠른 시일 내에 합사해서 여름이와 잘 노는 모습을 보고 싶다.

늦둥이의 눈물

퇴근 무렵 늦둥이에게서 전화가 왔다. 뭔가 상당히 놀란 음색이 전해진다.

- 아빠, 애가 우리 집에 오기 전에 학대를 많이 당한 아인가 봐!

늦둥이가 학교를 마치고 서둘러 집으로 달려간 모양이다. 늦둥이말로는 겨울이가 손을 갖다 대기만 하면 지나치게 몸을 부들부들 떤다고 한다. 엉덩이에는 털이 빠져 있으며 상처가 있다는 것이다. 얼굴 눈 쪽도 뭔가 상처를 입었는지 눈 테두리가 명확하지 않다. 그래서 나는 그 아이가 처음 어느 집에서 버려져 우리에게 전해 준 그 아저씨 집으로 갔다가 우리집으로 오는 과정에서 상처가 클 것이라 말해주고 토닥였다.

늦둥이는 이 모든 이들을 이해할 수 없다는 눈치다. 그래서 나는 살다 보면 좀 기구한 운명을 가진 그런 사람, 그런 짐승들도 있다고 말해 주었다. 내 말을 듣던 늦둥이는 서럽게 울며 전화를 끊었다. 계속 늦둥이의 울음소리가 환청으로 들렸다. 어려운 환경을 딛고 우리 집까지 온 어리고 약한 생명에 대해 울며 연민하는 늦둥이의 공감이 아름답다는 생각이 들었다. 생명에 대한 사랑은 흐르고 흘러 또 다른 생명에 대한 사랑으로 이어질 것이다.

합사를 위한 노력

새벽에 일어나 겨울이가 잘있나 해서 작은 방에 들어갔을 때 책상 밑에 숨어 들어가 미동도 하지 않고 있었다. 어쩌면 적응 기간이 꽤 길어질지 모른다는 우울한 생각이 들었다. 화장실 표면을 보니 깨끗했다. 하지만 사료는 반으로 줄어 있었다. 밤사이 살며시 나와 밥을 먹고 다시 책상 밑으로 숨어 들어간 것이다. 이번에는 화장실 모래를 뒤집어 보니 새까맣게 굳어진 똥과 오줌 뭉친 덩어리가 나왔다. 천만다행이었다. 이 아이가 낯을 가리기는 해도 시간이 지나면 점차 나아질 것이라는 희망을 본 것이다. 나는 겨울이의 똥과 오줌을 퍼서 여름이 화장실에 넣어주고 반대로 여름이의 똥과 오줌을 퍼서는 겨울이의 화장실에 넣어주었다. 서로 상대의 냄새를 맡으며 적응하라는 나름대로의 생각을 한 것이다.

문을 닫고 나가서 30분 후에 다시 돌아와 보니 살금살금 나와서 방안을 돌아다니다가 나를 보고 피하려고 움츠렸다. 방해하지 않으려는 생각에 살며시 문을 닫고 다시 나왔다. 만지고 쓰다듬을 정도만 되면 양말로 서로의 몸을 쓰다듬은 후 각자 맡게 해줄 요량이다. 그다음으로는 여름이를 다른 방으로 보낸 후 여름이가 활보하고 다니던 거실에 새로 입양된 냥이를 풀어 놓아 다니게 할 생각이다. 그러면 이곳저곳 다니며 거실에도 자신의 영역표시를 할 수 있을 것이다. 머지않아 서로 자연스럽게 지내는 때가 올 것이다. 그때까지는 인내하는 거다. 마치 내 인생의 팔 할이 기다림이었듯 이 일도 다르지 않다고 생각했다.

낭보

오늘도 어제와 비슷한 오후 4시 반경이었다. 소명이가 학교 마치고 겨울이를 만나고 나서였다. 늦둥이 전화가 와서 받아보니 흥분에 도가 니다.

- 아빠, 나 대박이야!
- 왜?
- 오늘 겨울이를 만지려고 손을 갖다 대니까 처음에는 하악질을 했는데 그다음부터는 내 팔에다 대고 비벼대고 배를 보이고 누워 애교를 떨었어!
- 정말?
- 애는 정말 귀여워, 여름이보다 더 애교가 많은 것 같아. 아빠 나중에 집에 오면 여름이부터 아는 척 해야 돼. 지금 여름이가 겨울이 냄새 맡고 눈이 조금 돌아갔어. 시무룩한 게 좀 이상해!

이럴 수도 있는 것일까? 갑작스레 비약을 어떻게 이해할 수 있을까. 시간을 들여다보니 퇴근 시간 10분 전이다. 빨리 퇴근하고 싶다. 과연 그 녀석은 나에게도 마음을 열어 줄까? 결국, 문제는 여름이와 만나게 하는 일이다. 고양이 문제도 문제지만 정작 다음 주가 늦둥이 학교 시험 기간인데 늦둥이는 지금 온통 새로 온 고양이에게 빠져 공부는 뒷전이 되었다. 겨울이가 처음 우리 집에 온 시간은 밤 11시였는데 늦둥이는 그날 새벽 4:30분까지 새로 온 아이 옆에 붙어 관찰하고 있었다. 시급한 것은 새로 온 아이의 이름을 결정짓는 일이다. 나는 '삼색이', 아내는 '삼식이', 늦둥이는 '겨울이', 복연누님은 '축복이' 라고 제각각 이름을 불렀다. 이 아깽이의 이름은 무엇이 될까? 아직 모든 것이 혼동이다. 하지만 결국 모든 것이 정돈되고 제자리를 찾아갈 것이다. 지나온 우리의 삶처럼...

특별한 사람들

전철에서 내려 집으로 가는 길에 축복이 전 주인에게서 전화가 왔다. 축복이가 잘 있는지 궁금해서 연락을 했다고 한다. 천상 고양이 천사고 고양이를 진정 아끼는 사람임이 틀림없다. 책상 밑으로 들어가 잔뜩 웅크리고 있었는데 소명이가 노력한 결과 머리를 만지면 부비고 몸을 뒤집어 배도 보여준다고 하자 안도가 되는 듯 보였다. 고양이에 대한 애정을 가지고 밥 셔틀을 하는 자비로운 사람들이 있다. 그런가 하면 길냥이를 생포해 자기 돈으로 수술을 시키고 좋은 환경으로 입양을 시키는 것을 사명으로 아는 사람들이 있다. 그들은 자신들의 유별난 고양이 사랑을 죽을 때까지 해야 할 운명이라고 고백한다. 어쩌면 그것도 달란트요, 사랑과 긍휼의 한 모양인지도 모른다. 특별한 심성을 가진 사람들이며 우리 사회에 소중한 자산이다.

소명이가 축복이 엉덩이에 털이 많이 밀려 있고 그곳에 상처가 있다는 이야기를 듣고 집에 들어가 유심히 보니 과연 그랬다. 전화가 연결

된 기회에 어찌 된 영문인지 전 주인에게 물었다. 그 사내는 요즘 중성화 수술 기술이 발달해서 배를 가르지 않고 엉덩이를 째서 수술을 하기 때문에 엉덩이 부분에 털을 밀고 수술했기 때문이란다. 한 달 정도 지나면 그 부분에 털이 자라니까 염려하지 말라고도 덧붙였다. 그것도 모르고 우리는 혹시 야생에서 곰팡이균 같은데 감염이 되어 털이 빠지는 것이 아닌가 염려했었다. 아울러 축복이 발이 짧고 뭉텅한데 무슨 종이냐고 물었다. 자기도 무슨 종인지 모르고 그냥 일반적으로 볼 수 있는 길냥이라고 했다. 길냥이들은 거의 잡종이어서 오히려 생명력이 다른 종자들보다 강인하단다. 그는 축복이가 자기 집에 있을 때 다른 양이들과 누워지내는 평화로운 모습이 담긴 사진을 보내주었다. 그 집에는 축복이 말고도 4마리나 키우고 있었다. 그는 어려운 일이 있으면 언제든지 연락하라며 친절히 대해주었다.

부자 된 기분

늦둥이와 기쁨을 감추지 못하고 손바닥을 치며 하이파이브를 했다. 오늘 퇴근해 집에 들어가 여름이와 겨울이의 합사에 성공했기 때문이다. 합사는 일주일 만에 우연한 기회에 이루어졌다. 물론 말이 우연이지 그동안 많은 노력을 했다. 서로의 냄새를 상대에게 묻혀서 전해주고, 분변도 상대방 화장실에 넣어주는 등..그래서 어느 정도 상대의 냄새는 익숙해져 있는 상태였다. 처음 시도는 늦둥이가 했다. 여름이를 안고 겨울이가 있는 방으로 들어가서 얼굴을 보여준 것이다. 이를 쳐다본 겨울이는 무덤덤했지만 여름이가 하악질을 해댔다. 겨울이는 원래 길냥이였다. 우리 집에 오기 전에 4마리의 고양이와 생활했기에 별로 개의치 않는 듯 보였다. 방문을 열어 서로를 오픈했다. 오늘 저녁에는 왠지 겨울이가 숨지 않고 방안을 서성거리고 있어 일이 성사될 수 있었다. 늦둥이 노력 덕택이다. 철장을 치고 서로 맞대면하게 했더니 겨울이는 철장 사이로 발을 내밀어 장난을 치고 여름이는 멀리서 겨울이를 쳐다보고 있다가 가끔씩 가까이 가보는 일을 반복했다. 이 모습을 한참

지켜본 소명이가 불쑥 말을 던졌다.

 - 아빠 큰 문제가 없을 것 같은데 철망을 치워 볼까?

 나는 미덥지 않았지만 웬만하면 잘 될 것도 같아 그렇게 해보라고 했다. 드디어 철망은 치워졌고, 두 마리는 서로 만났다. 겨울이는 드러누워 배를 보이기도 하고, 뒤쪽 꼬리를 보이기도 했다. 늦둥이는 이게 항복하는 동작일 것이라고 추측했다. 별 문제가 없을 것 같았다. 여름이도 몇 번 '하악' 소리를 내고 손을 들고 위협을 가했지만 때리지는 않았다. 자연스레 겨울이는 작은방에서 나와 거실과 각 방을 신기한 듯 돌아다녔다. 이럴 때마다 여름이는 자기 영역을 돌아다니는 겨울이를 미행하기 시작했다. 어떨 때는 겨울이 꼬리 아래 엉덩이 냄새도 맡기도 하며 겨울이가 가는 곳으로 따라 다녔다. 겨울이는 여름이가 자주 숨던 침대 밑으로 들어갔고 둘은 한동안 침대 아래 음침한 곳에서 말없이 있었다. 서로를 바라보면서 한동안 둘은 그렇게 있었다. 겨울이는 여름이의 존재를 별로 의식하지 않았다. 겨울이는 늦둥이 침대 위에 올라앉아 있었고 여름이는 그 아래서 보초를 서고 있었다. 아내는 이 모습을 지켜보면서 신기한 듯 이야기한다.

 - 여름이가 겨울이를 못 당해 낼 것 같아

두 마리 고양이가 어슬렁거리며 방안을 돌아다니는 모습을 바라보다가 묘한 감정이 들었다. 내가 뭔가 된 듯한 느낌이랄까! 아니면 이건 부자 된 기분 같은 것이었다. 세상 물정에 어둡고 못난 내가 두 마리의 고양이 생명을 책임지는 사장이 된 듯했다. 아니면 이 감정은 버려진 두 아이를 책임지게 된 긍휼이 풍성한 어버이의 마음인가? 아침에 직장으로 학교로 다 흩어지고 나면 여름이와 겨울이가 그 시간을 어떻게 보낼지가 궁금하다. 하지만 이제 내 손을 떠났다. 이제 둘이서 서열을 정하고 생활해야 한다. 내가 할 수 있는 것은 없다.

철학자가 된 여름이

　퇴근해 집에 들어갔을 때 이상하게도 여름이가 평소처럼 달려 나오지 않았다. 겨울이가 온 이후로 여름이가 시무룩해졌다. 잠을 자고 새벽에 만날 때 격하게 반가워하거나 몸을 뒤집어 애교를 부리던 모습을 찾아볼 수 없었다. 전체적으로 여름이가 시무룩해 보인다. 뭔가를 골똘히 생각하는 듯 보인다. 마치 인생의 쓴맛을 본 사람 같기도 하고 뭔가를 골똘히 생각하며 집안을 툴툴거리며 돌아다녔다.

　새로 온 겨울이가 자기 밥통을 다 비웠다. 그런데도 여름이는 그냥 멀리서 바라보고만 있다. 겨울이는 여름이 밥통의 사료를 먹다가 사람이 다가가면 급히 몸을 피한다. 길에서 보는 길냥이의 경계하는 습관이 그대로다. 사람의 습관이나 성품이 잘 변하지 않듯, 고양이도 마찬가지인 모양이다. 길거리를 헤매다가 좋은 환경으로 옮겨졌음에도 불구하고 자기가 자란 환경에서 형성된 습관은 어쩌지를 못하는 모양이다. 이건 사람도 마찬가지다. 사람은 잘 변하지 않는다. 한 번의 변화에 감격

할 필요는 없다. 그러나 걱정하지 않는다. 늘 숨기만 하던 겨울이가 이렇게 집 거실을 활보할 정도가 되었으니 머잖아 경계를 풀고 한 가족이 될 것이다.

바라볼수록 여름이의 성격이 훌륭하다는 생각이 든다. 물론 씁쓸함을 경험했겠지만 여름이는 처음 우리 집에 왔을 때부터 활달하고 사람 낯을 가리지 않았다. 그리고 지금도 낯선 어린 녀석이 와서 자기가 쓰던 캣타워며 밥통이며 잠자리를 차지하고 들어앉아도 그냥 묵묵히 바라만 본다. 그렇다고 어리숙한 바보처럼 보이지 않는다. 그저 좋은 성격이라는 것을 한눈에 보아도 알게 된다. 나도 여름이 같은 성품을 가진다면 얼마나 좋을까. 그렇게만 된다면 내 주변의 다툼과 분란이 사라지고 내가 있는 곳에 평안이 찾아올 것이기 때문이다. 고양이에게서 배운다. 사람이란 죽을 때까지 성찰하고 성장하는 것이다. 두 마리 고양이를 통해 내 인생은 더 지혜롭고 평안하고 풍부해질 것이다.

싸움 또는 놀이

드디어 겨울이가 여름이의 캣타워 정상까지 올라가 있었다. 물론 타워 맨 윗부분에 앉아 불안한 듯 아래를 응시하고 내가 보이자 얼굴을 타워 안으로 묻었다. 어제는 겨울이의 단발적인 울음소리가 들려서 나가보니 둘이 레슬링을 하는 것처럼 여름이가 겨울이를 위에서 아래로 눌러 눕힌 다음 발과 머리로 가격하자 겨울이가 바닥에 누워 발로 치며 저항하며 소리를 지르고 있었다. 여름이가 겨울이를 덮칠 때도 성큼성큼 거리다가 갑자기 쓰러뜨리는 식이다.

도망가며 겨울이가 나를 자꾸 바라보며 도움을 청하는 것 같았다. 하지만 겨울이가 당하건 말건 그건 너희들이 알아서 해결해야 할 일이라며 방관했다. 다투기는 해도 격한 싸움 같지 않고 그렇다고 놀이나 장난 같지도 않게 조금 진지하기도 해서 나는 이게 뭔가 의문이 갔다.

내가 소파에 앉아 있자 여름이가 쇼파 위로 올라와 식빵 자세로 내 옆에 앉아 있었다. 그러자 늘 사람을 피해 도망을 다니던 겨울이가 부러운지 힐끗거리며 내가 앉은 쇼파에 올라오려고 하다가 용기가 나지 않는지 다른 곳으로 사라졌다. 홀로 소외된다는 건 사람이건 짐승에게 참을 수 없는 일인 모양이다. 배가 고파 죽는 것이 아니라 외로워 자살하는 심정이 이해가 간다.

 겨울이가 온 이후로 우울해 보이는 여름이를 위해 각별히 신경을 써야했다. 퇴근해서 집에 들어가면 이전에는 뛰어나와 배를 보이며 누워 애교를 보였지만 지금은 아예 나오지를 않던지 나오더라도 어슬렁거리며 나온다. 우리 가족들은 이런 여름이에게 쓰다듬고 안아주었다. 이런 문제에 관해서는 늦둥이가 적극적이었다. 어디서 배웠는지 가상하게도 여름이를 더 사랑해 주어야 한다고 도리어 우리에게 교육을 시켰다. 소명이는 여름이를 번쩍 들어 올린 후 입을 맞추면서 너를 사랑한다는 독백을 했다. 그런 덕이었을까. 여름이는 조금씩 우울한 분위기에서 회복되는 것 같았다. 오늘 아침에도 여름이가 문을 열어 달라고 해서 문을 열어주었다. 쓰다듬으며 애정을 주었더니 전번처럼 내 몸 뒤로 돌아와서 두 발로 스크래치를 하듯 다독여 주었다. 다행이다. 여름이의 상한 감정이 점차 회복되는 모양이다. 고양이가 한 마리 더 늘면서 두 마리의 관계를 가만히 지켜보노라면 인간관계 역시 이해할 수 있게 된다.

기특한 여름이

겨울이가 들어온 이후 여름이가 더 기특하게 느껴진다. 겨울이를 입양했을 때 정작 걱정했던 것은 여름이다. 우리 가족들은 걱정이 많았다. 여름이 혼자 사랑을 독차지하다가 어린 겨울이가 오면서 사랑을 빼앗긴 기분에 우울증을 겪지 않을까 내심 걱정을 했었다. 그런데 반대 현상이 일어났다. 여름이는 아내가 소파에 두 발을 뻗고 텔레비전을 시청하고 있는 동안 배위에 올라가 젖을 빨 때 엄마 젖을 두 발로 누르면서 젖을 먹는 시늉을 해준다. 이 동작은 흡사 두 발로 배를 열심히 안마해 주는 모습과 흡사하다. 아침에 일어나 나를 만나면 역시 돌아가서 두 발로 스크래치를 해준다. 동생 겨울이와 잘 놀아주며 의젓하기가 이를 데 없다.

이런 행동을 할 때 여름이 이름을 부르며 이뻐 해준다. 그러면 겨울이가 멀리 떨어져 앉아 있으면서 여름이와 우리가 서로 애정을 나누는 광경을 부러운 듯 지켜본다. 여름이의 귀염성과는 반대로 새로 들어온 겨울이는 어려서 귀엽고 이쁘다. 안아보고 싶은데 길고양이 생활을 해서 그런지 사람을 보면 무작정 피하기만 한다. 그래서 안타까운 마음이 생긴다. 하지만 시간이 지나면 점차 나아질 것이라 믿는다. 사람이나 짐승이나 자라온 환경이 중요하다는 것을 새삼 느낀다. 저마다 자라온 환경이 틀리기 때문에 내가 바라는 대로 행동해 주지 않는다. 다른 점이 있다면 시간을 두고 인내하면서 점차 사랑을 늘려나가야 한다. 언젠가는 서로 즐겁게 놀며 원하면 만질 수 있고, 귀여워해 줄 수 있는 날이 온다는 것을 믿어야 한다.

자가 접종

얼마 전부터 입양한 겨울이 예방접종을 해야 한다고 소희가 노래를 불렀다. 혹시나 우리 집에 자기 고양이를 데리고 놀러 올 경우 접종을 안 한 길냥이였던 겨울이로 인해 병균이 옮을지도 모른다는 염려 때문일 것이다. 병원에 갈 시간을 내기가 어렵고 비용도 그렇고 3번씩이나 맞추어야 한다는 일이 여간 번거로운 일이 아니었다. 소희는 맞아야 할 백신 사진이랑 우리 집 가까운 동물병원을 문자로 보내주는 등 열심을 보인다. 이 문제로 이곳저곳 인터넷을 검색하다가 백신을 사다가 집에서 자가 처방해도 좋다는 것을 알았다.

7년 전 폐암으로 돌아가신 어머니의 마지막 몇 달을 간병한 일이 있다. 그때 어머니는 통증으로 고생하셨는데 말기 폐암의 통증이 살을 칼로 쓰는 것 같은 아픔과 같다고 하셨다. 그래서 마약성 진통제를 어머니 배 쪽 피하지방층에 여러 달을 놓아드린 적이 있다. 그 일을 생각하니 고양이에게 피하지방층에 주사 놓는 것은 일도 아닌 것처럼 느껴졌다. 내가 사는 파주는 도농복합지역이어서 가축 약품을 판매하는 곳이 많아, 잘 알려진 고양이 3종 백신 3개를 수월하게 구입했다. 이왕에 여름이 것도 하나 더 샀다. 여름이는 이미 자란 성묘고 이전에 예방접종을 마쳤지만 그래도 일 년에 1번 정도 하는 것이 좋다는 이야기가 있어 여름이도 맞힐 참이었다.

늦둥이는 내가 주사를 놓는 것도 불안했고, 길냥이였던 겨울이가 자꾸 도망을 다녀 주사를 놓는 일이 힘들 것을 생각해 싫어하는 눈치였다. 그래서 유순한 여름이부터 접종하기로 했다. 츄르를 먹는 동안 여름이 목덜미를 들어 올려 주사기를 푹 찔렀는데 여름이는 먹느라 아무것도 모르고 있어 금새 끝이 나버렸다. 이를 지켜 본 우리 가족들은 싱거워서 웃고 말았다. 멀리서 숨어서 이 광경을 지켜보던 겨울이는 자기 차례를 직감했는지 걸음아 날 살려라 도망을 쳐버린다. 장롱 속으로 숨어들어 간 후 도무지 나오려 하지 않았다.

여름이에게 주사를 놓는 일을 곁에서 지켜본 늦둥이는 이제 자신감이 얻었는지 기어코 겨울이를 생포해 왔다. 그래서 츄르를 먹이는 사이 내가 이번에도 목덜미를 들어 올리고 주사를 놓자 겨울이 역시 아무것도 모른 채 추르만 먹다가 일이 끝나버려 싱거웠다.

암컷과 수컷

겨울이가 오면서부터 여름이도 많이 먹는다. 혼자 있을 때 보다 물도 많이 먹고 사료도 많이 먹는다. 물을 많이 먹으니 변이 딱딱하지 않고 늘어지며 냄새도 많이 난다. 특히 작은 방에 있는 겨울이의 천정이 없는 화장실을 두 마리가 다 잘 이용한다. 입구로 들어가고 천장이 돔 형태로 사방이 막힌 화장실을 이전보다 덜 사용한다. 활동량도 많아졌다. 둘이서 장난을 칠 때 엄청난 점프에 놀랄 정도다. 겨울이가 여름이를 짓궂게 건드리면 여름이는 귀찮은지 다른 곳으로 피해버린다. 둘이 방 안을 뛰어다닐 때 죽자살자 경주하는 것 같다. 저건 또 왜 저러는가 하고 의문이 갈 때가 많다.

암컷과 수컷의 차이도 많은 것 같다. 수컷에 비해 암컷이 많이 먹고 유연하다. 그리고 입 밖으로 내는 소리도 단순하지 않다. 어떨 때는 애교인지, 수다인지, 아양인지를 모를 소리를 낸다. 수컷인 여름이보다 복잡하고 섬세하다. 겨울이는 처음 우리 집에 입양되어 왔을 때보다 몸이 두 배는 더 커진 것 같다. 몇 달 되지 않았지만, 편히 먹고 지냈기 때문이리라. 집사는 더 부지런해야 한다. 그렇지 않으면 집안이 엉망이 된다. 하지만 치우는 수고는 아무렇지도 않게 느껴진다. 이것이 사랑의 묘약이다.

　소희가 키우는 토리는 몇 주 째 사돈댁에 혼자 지내고 있다. 사위가 이집트로 출장을 갔는데 소희도 함께 갔다. 이집트 사막 피라밋을 배경으로 낙타를 타고 있는 딸의 모습이 담긴 사진을 보내왔다. 토리가 여름이와 잘 어울렸다면 이럴 때 사돈댁 신세를 지지 않아도 될 터인데 합사하는데 실패했기에 그 아이는 우리 집에 못 온다. 여름이는 수컷이고 토리는 암컷인데 토리의 성격이 까칠한 편이다. 이 둘의 신경전과 싸움이 심했기 때문에 다칠 것을 염려한 큰 딸아이가 아예 우리 집에 데려다 놓는 것을 두려워하고 있다. 여름이와 겨울이가 잘 어울리는 것을 보면 처음부터 합사를 해도 문제가 없었을 것 같은데 지나치게 신중하지 않았나 하는 아쉬움이 있다. 요즘 겨울이에게 말을 걸면 피하던 겨울이가 이제는 한동안 서서 우리를 보며 이상한 소리로 대답을 한다. 함께 산다는 것은 서로 닮는다.

사랑에는 용기가 필요했다

겨울이와 우리 가족이 시간이 흘러 서로를 느긋이 받아들이기를 기다리는 것이 사랑이라고 생각했다. 그것이 앞으로 몇 년이 걸린다 하더라도 그렇게 기다리고 싶었다. 하지만 그건 우리의 마음일 뿐이었다. 겨울이 발톱으로 인해 폐단이 하나 둘 생겨나기 시작했다. 겨울이의 발톱은 남을 해할 뿐만 아니라 자기를 옭아매는 일이기도 했다.

겨울이가 우리 부부 방에 들어가 펴 놓은 이불 위에서 스크래치를 하다가 평생 깎지 않은 매의 발톱처럼 휘어진 날카로운 발톱이 이불에 박혀 버렸다. 그래서 이불을 끌고 다녀야 할 판이 되었다. 더이상 사랑이고 인내고 따져서는 안 된다. 우리는 겨울이를 그대로 둘 수 없었다. 이럴 때 가장 용감한 것은 늦둥이였다. 늦둥이는 오른팔을 수없이 할퀴어 피가 여러 번 나기도 했지만 겨울이를 제압해야겠다는 일념이 가득차서 마치 사랑이라는 마취제를 맞은 사람처럼 도무지 겁을 내지 않았다.

면장갑을 끼고 있는 늦둥이에게 내가 끼는 가죽장갑을 끼라며 주었다. 그것이 큰 효력을 발휘했다. 겨울이를 붙잡는 과정에서 물렸지만 다행히 가죽장갑에 구멍이 뚫렸으나 다치지는 않게 되었다. 생포과정은 물고기나 양떼를 모는 방법과 비슷했다. 여러 번 놓친 후에 드디어 도망칠 구석이 없는 우리 부부 방으로 유인한 뒤 소명이가 옷가지를 가지고 이불 위에서 붙잡았다. 뒤이어 우리 부부가 달려 들어가 나는 츄르를 주면서 머리를 쓰다듬어 주는 동안 아내는 놀란 겨울이 발톱을 신속히 잘라 나갔다. 앞발에 나있는 며느리발톱까지 다 잘랐다. 순식간에 3인 1조로 일을 마쳤다.

겨울이는 얼마나 놀라고 힘이 들었던지 발톱을 깎이는 동안 거친 숨소리와 간간히 신음소리를 냈다. 일이 끝나고 보니 생포과정에서 겁이 났던지 이불에 오줌을 내질렀다. 우리는 서로를 격려했다. 아침에 일어났을 때 겨울이는 거실에 깔아 놓은 솜이불 위에 앉아 있었는데 이전처럼 도망하지 않고 아무런 미동이 없었다. 모든 것을 아는 듯, 이제 도망할 이유가 없다는 듯 느긋해 보였다. 겨울이도 그간 우리가 자기 발톱을 깎아 주려는 애를 썼다는 것을 알기라도 하는 것일까. 겨울이는 그렇게 잠잠히 앉아 있었다. 어제와는 달리 훨씬 친밀감이 갔고, 귀여움을 느꼈다. 사랑은 기다려주는 것이기도 하지만 이처럼 무모한 용기를 필요로 할 때가 있다.

사랑에는 시간이 필요하다

　겨울이가 우리 집에 온 지 수개월이 되었어도 아직 길고양이 습관을 버리지 못해 보는 이의 아쉬움을 더해 준다. 밥이나 물을 먹을 때, 다른 장소로 이동할 때, 잠에서 깨어 새벽 시간에 거실에서 만났을 때 서둘러 몸을 숨긴다. 이 광경을 보면 서운하기도 하고 한편으로는 불쌍하다는 생각도 든다. 밥을 먹을 때도 슬금슬금 사람들 눈치를 보면서 먹다가 무슨 소리가 나면 황급히 몸을 숨긴다.

　얼마 전에는 평소 활달하던 여름이가 눈이 충혈이 되고 스트레스를 많이 받는 것 같았다. 알고 보니 겨울이의 발톱 때문이었다. 겨울이는 태어나서 지금까지 발톱을 한 번도 깎지 못했을 것이다. 그래서 발톱이 매의 발톱처럼 휘었는데 날카롭다. 서로 할퀴며 장난을 칠 때 그 예리한 발톱이 여름이의 눈과 피부를 찔렀을 것이다. 이럴 땐 덩치 큰 여름이도 겨울이의 날카로운 발톱 앞에서는 맥을 추지 못하고 피한다.

이제는 겨울이라 부를까, 아니면 축복이라고 부를까하는 문제로 고민하지 않는다. 이유는 간단하다. 아무리 그 이름이 가진 뜻이 좋다고 하더라도 부르기 어려우면 사용하지 않게 된다.

축복이라는 철학적 이름보다. 기존의 여름이와 대비되고 발음하기 쉬운 겨울이가 부르기 편했다. 교회 복연누님께는 미안하다. 이젠 우리 집에서 그 누구도 축복이라고 부르지 않고 겨울이라고 부른다. 겨울이 자신도 우리가 자기 이름을 불러줄 때 고개를 돌리고 자기를 부른 것인지 안다.

한번은 발톱을 깎기 위해 집안에 소동이 일어난 적이 있다. 붙잡아 아무리 이불로 감싸서 꼼짝 못하게 한 다음 발톱을 깎으려 해도 우리 힘만으로는 되지 않았다. 겨울이의 힘이 얼마나 센지 달아나고 말았다. 매번 실랑이를 벌이는 통에 늦둥이가 손목 여러 군데를 할퀴었다.
아내는 손가락이 물려 이빨 자국이 생기고 피가 났다. 아내는 저런 놈을 어떻게 집에서 키울까 고민이 많다. 하지만 조금씩 나아지고 있다.

놀이기구로 함께 놀아주고 츄르를 주고 아침 겨울이가 자는 곳에 다가가 손을 대면 몸을 움츠리기는 하지만 머리를 만져주면서 조금씩 친해져 가고 있다. 언젠가는 여름이처럼 쓰다듬어 줄 수 있고, 겨울이가 우리 무릎 위로 올라오는 날이 있을 것이다. 집사들의 사랑을 받고, 여름이의 사랑을 받으면서 평화롭게 사는 모습을 본다면 더 이상 바랄 것이 없겠다. 그때가 오면 편히 두 발 뻗고 살 수 있을 것 같다. 나는 그날이 언젠가 올 것이라는 꿈이 있다. 사랑에는 언제나 시간이 필요하다.